In memoriam Ralf Fletemeier
1959 - 2022

Mary Wollstonecraft Shelley

Der Traum

Kurzgeschichten

**Aus dem Englischen übersetzt
und mit einem Nachwort versehen
von Ralf Fletemeier**

Bibliografische Information der Deutschen Nationalbibliothek: Die Deutsche Nationalbibliothek verzeichnet diese Publikation in der Deutschen Nationalbibliografie; detaillierte bibliografische Daten sind im Internet über dnb.dnb.de abrufbar.

Impressum

© 2023 Wolfgang A. Gogolin, Hamburg (Herausgeber)
© 2005 Ralf Fletemeier (Übersetzung)

Herstellung und Verlag: BoD – Books on Demand, Norderstedt
ISBN: 9783757815523

Covergestaltung: Wolfgang A. Gogolin, unter Verwendung einer Grafik von pixabay / 1tamara2

Inhalt

Der Traum

Chi dice mal d'amore
Dice una falsità!
Italienisches Lied[1]

Die Zeit, zu der sich die kleine Legende zutrug, die hier erzählt werden soll, war die vom Beginn der Herrschaft Heinrichs IV. von Frankreich. Während seine Thronbesteigung und Konvertierung dem Königreich Frieden brachten, dessen Thron er bestieg,[2] waren sie ungeeignet, die tiefen Wunden zu heilen, die sich die feindlichen Parteien gegenseitig zugefügt hatten. Private Fehden und die Erinnerung an tödliche Kränkungen existierten zwischen jenen, die nun scheinbar vereint waren; und oft hatten die Hände, die einander in scheinbar freundlicher Begrüßung drückten, wenn der Griff freigegeben wurde, unwillkürlich das Heft des Dolchs ergriffen, als der passenderer Sprecher ihrer Leidenschaften als die Worte der Höflichkeit, die gerade von ihren Lippen gefallen waren. Viele der glühenden Katholiken gingen in ihre entfernten Provinzen zurück; und

---

[1] Ital.: Wer schlecht redet von der Liebe / Redet Falsches.

[2] Heinrich von Navarra (1553-1610), Führer der französischen Hugenotten, wurde 1594, nach seinem Übertritt zum Katholizismus, als Heinrich IV. König von Frankreich mit der Bemerkung: „Paris ist eine Messe wert".

während sie in der Einsamkeit ihre gärende Unzufriedenheit verbargen, sehnten sie sich nicht weniger leidenschaftlich nach dem Tag, an dem sie diese offen zeigen konnten.

In einem großen und befestigten Château, das auf einer rauen Anhöhe über der Loire erbaut worden war, nicht weit entfernt von der Stadt Nantes, weilte die letzte ihres Geschlechts und Erbin ihres Vermögens, die junge und schöne Gräfin de Villeneuve. Sie hatte das Vorjahr in vollständiger Einsamkeit in ihrem abgeschiedenen Wohnsitz verbracht; und die Trauer, die sie für einen Vater und zwei Brüder trug, Opfer der Bürgerkriege, war ein gefälliger und guter Grund, warum sie nicht am Hof erschien und an seinen Festen teilnahm. Aber die verwaiste Gräfin erbte einen hohen Namen und große Ländereien; und es wurde ihr bald bedeutet, dass der König, ihr Vormund, wünschte, dass sie diese, zusammen mit ihrer Hand, einem Edelmann gewähren sollte, dessen Geburt und dessen Leistungen ihn zu diesem Geschenk berechtigen würden. Constance drückte in ihrer Antwort ihre Absicht aus, die Gelübde abzulegen und sich in ein Kloster zurückzuziehen. Der König, aufrichtig und energisch, verbot diese Tat. Er glaubte, dass solch eine Idee das Ergebnis einer von Trauer überreizten Empfindsamkeit war, und verließ sich auf die Hoffnung, dass nach einiger Zeit der freundliche Geist der Jugend diese Wolke durchbrechen würde.

Ein Jahr verging, und die Gräfin blieb immer noch standhaft. Endlich kündigte Heinrich seine Absicht an, nun, da die Zeit ihrer Trauer abgelaufen war, ihr Château zu besuchen. Er war unwillig, Zwang zu üben - auch wollte er für sich selbst die Motive beurteilen, die eine Frau, so schön, so jung, und so vom Glück begünstigt, dazu führten, sich in einem Kloster begraben zu wollen. Und wenn er niemanden mitbrächte, sagte der Monarch, der ausreichend Ansporn sei, ihren Plan zu ändern, würde er seine Zustimmung zu seiner Erfüllung geben.

Manch eine traurige Stunde hatte Constance verbracht; manch einen Tag der Tränen und manch eine Nacht des unruhigen Kummers. Sie hatte ihre Tore jedem Besucher verschlossen; und wie die Lady Olivia in ‚*Was Ihr wollt*'[3] schwor sie sich Einsamkeit und Trauer. Herrin ihrer selbst, brachte sie die dringenden Bitten und Proteste ihrer Untergebenen zum Schweigen und pflegte ihren Kummer, als ob es eine Sache wäre, die sie liebte. Doch er war zu heftig, zu bitter, zu brennend, um ein bevorzugter Gast zu sein. In der Tat, Constance, jung, glühend und lebhaft, kämpfte mit ihm, rang mit ihm und sehnte sich danach, ihn abzuwerfen; aber alles, was andere mit Freude erfüllte oder äußerlich schön war, diente nur dazu, ihn zu erneuern. Sie konnte die Last ihrer Trauer am besten mit Geduld ertragen, da sie, wenn sie ihr nachgab, sie zwar bedrückte, aber nicht quälte.

Constance hatte das Schloss verlassen, um im nahen Gelände umherzuwandern. Erlesen und ausgedehnt, wie die Räume ihres Wohnsitzes waren, fühlte sie sich eingeschlossen innerhalb seiner Mauern, unter seinen erhabenen Dächern. Das ausgedehnte Hochland und der alte Wald, mit denen sie liebe Erinnerungen an ihr vergangenes Leben verband, verlockten sie dazu, Stunden und Tage in ihren belaubten Verstecken zu verbringen. Die ewig wirkenden Bewegungen und Veränderungen, wenn sich der Wind zwischen den Ästen rührte oder die reisende Sonne ihre Strahlen durch sie

---

[3] William Shakespeare, *Was Ihr wollt* (Twelfth Night, ca. 1600); in der Komödie steht Lady Olivia zwischen dem unglücklich in sie verliebten Herzog Orsino und der als Mann verkleideten Viola.

schickte, beruhigten sie und rief sie aus der stumpfen Trauer heraus, die ihr Herz unter dem Dach ihres Schlosses in so unnachgiebiger Umklammerung festhielt.

Da war eine Stelle am Rand des dichtbewaldeten Parks, ein Schlupfwinkel im Gelände, von dem aus sie sehen konnte, wie sich das Land dahinter ausbreitete, doch welches selbst mit hohen schattigen Bäumen dicht besetzt war - eine Stelle, der sie abgeschworen hatte, doch wohin ihre Schritte sie unabsichtlich immer wieder führten, und wo sie sich jetzt wieder, zum zwanzigsten Mal an diesem Tag, unbewusst eingefunden hatte. Sie saß auf einem grasigen Hügel und schaute wehmütig auf die Blumen, die sie selbst gepflanzt hatte, um den grünen Schlupfwinkel zu schmücken - für sie der Tempel von Gedenken und Liebe. Sie hielt den Brief des Königs in der Hand, der die Quelle für so viel Verzweiflung für sie war. Niedergeschlagenheit lag auf ihren Gesichtszügen, und ihr sanftes Herz fragte das Schicksal, warum sie sich so jung, so ungeschützt und verlassen, mit dieser neuen Form des Elends abmühen müsse.

„Ich aber bat darum", dachte sie, „in den Hallen meines Vaters zu leben - an dem vertrauten Ort meiner frühen Kindheit - um mit meinen häufigen Tränen die Gräber derer zu gießen, die ich liebte; und hier in diesen Wäldern, wo ein solch verrückter Traum von Glück der meine war, für immer die Beerdigung der Hoffnung zu feiern!"

Ein Rascheln zwischen den Ästen traf jetzt ihr Ohr - ihr Herz schlug schnell - alles war wieder still.

„Törichtes Mädchen!" murmelte sie. „Betrogen von Deiner eigenen leidenschaftlichen Phantasie. Weil wir uns hier trafen; weil ich hier erwartungsvoll gesessen habe, und Geräusche wie diese seine liebe Annäherung angekündigt haben; also spricht jetzt jedes Kaninchen, wenn es sich rührt

10

und jeder Vogel, wenn er in der Stille erwacht, von ihm. Oh Gaspar! Mein einst - nie wieder wird diese teure Stelle durch dich froh gemacht - nie mehr!"

Wieder rührten sich die Büsche, und Schritte waren im Unterholz zu hören. Sie erhob sich; ihr Herz schlug hoch; es musste diese alberne Manon mit ihren unverschämten, dringenden Bitten sein, zurückzukommen. Aber die Schritte waren fester und langsamer als jene ihrer Kammerfrau; und als er jetzt aus dem Schatten auftauchte, nahm sie den Eindringling auch direkt wahr. Ihr erster Impuls war zu fliehen. Aber ihn noch einmal zu sehen - seine Stimme zu hören. Noch einmal zusammenzustehen, bevor ewige Gelübde sie voneinander trennten, und die durch seine Abwesenheit entstandene breite Spalte gefüllt zu finden, konnte die Toten nicht verletzen, und würde die tödliche Trauer beruhigen, die ihre Wange so blass machte.

Und jetzt stand er vor ihr, derselbe Geliebte, mit dem sie Gelöbnisse der Standhaftigkeit ausgetauscht hatte. Er schien traurig wie sie; noch konnte sie dem flehentlichen Blick widerstehen, der sie anflehte, für einen Moment zu bleiben.

„Ich komme, Lady", sagte der jungen Ritter, „ohne eine Hoffnung, Ihren unbeugsamen Willen zu beeinflussen. Ich komme aber noch einmal, Sie zu sehen und Ihnen ein Lebewohl zu entbieten, bevor ich in das Heilige Land fahre. Ich komme, um Sie anzuflehen, sich nicht in ein dunkles Kloster einzusperren, um jemand so verhassten wie mir aus dem Weg zu gehen; jemanden, den Sie nie wieder sehen. Ob ich lebe oder sterbe, Frankreich und ich sind getrennt für immer!"

„Palästina!" sagte Constance. „Das wäre furchtbar, wäre es wahr; aber König Heinrich verliert niemals so seinen bevorzugten Kavalier. Den Thron, den zu errichten Sie halfen, beschützen Sie immer noch. Nein, wenn ich jemals Macht über Ihre Gedanken hatte, gehen Sie nicht nach Palästina."

„Ein Wort von Ihnen könnte mich aufhalten - ein Lächeln, Constance", und der jugendliche Liebhaber kniete vor ihr; aber ihre strenge Entschlossenheit wurde eher bestärkt durch diesen Anblick, einst so lieb und vertraut, jetzt so fremd und verboten.

„Bleibt nicht mehr hier!" rief sie. „Kein Lächeln, kein Wort von mir wird jemals wieder Ihnen gehören. Warum sind Sie hier - hier, wo die Geister der Toten herumwandern und Anspruch darauf erheben, das diese Schatten ihr eigenen sind, das falsche Mädchen verfluchend, das ihrem Mörder erlaubt, ihre heilige Ruhe zu stören?"

„Als die Liebe jung war und Sie freundlich gesinnt", antwortete der Ritter, „brachten Sie mir bei, durch das Dickicht dieser Wälder zu schlüpfen; Sie hießen mich Willkommen an diesem lieben Ort, wo Sie einst gelobten, mein Eigen zu sein - gerade unter diesen alten Bäumen."

„Eine gottlose Sünde war es", sagte Constance, „meines Vaters Türen dem Sohn seines Feindes zu entriegeln, und teuer wurde es bestraft!"

Der junge Ritter gewann Mut, als sie sprach; doch wagte er nicht, sich zu bewegen, damit sie, die jeden Augenblick zur Flucht bereit schien, nicht aus ihrer momentanen Ruhe aufgeschreckt wurde; aber er antwortete langsam: „Das waren glückliche Tage, Constance, voll von Schrecken und tiefer Freude, wenn mich der Abend zu Ihren Füßen sah; und, während Hass und Vergeltung die Atmosphäre in jenem düsteren Schloss bildeten, war diese grüne sternklare Laube der Schrein der Liebe."

„*Glückliche?* Erbärmliche Tage!" gab Constance zurück. „Als ich mir einbildete, Gutes könnte sich aus der Vernachlässigung meiner Pflicht ergeben, und dieser Ungehorsam würde von Gott belohnt. Sprechen Sie nicht von Liebe, Gaspar! Ein Meer von Blut trennt uns für immer! Kommen Sie nicht näher! Die geliebten Toten stehen sogar jetzt zwischen uns. Ihre fahlen Schatten warnen mich vor meiner Schuld und bedrohen mich dafür, dass ich ihrem Mörder zuhöre."

„Der bin nicht ich!" rief der Jüngling aus. „Seht, Constance, wir sind jeder der letzte unseres Geschlechts. Der Tod hat grausam an uns gehandelt, und wir sind allein. Das war nicht so, als wir uns zuerst liebten; als Vater, Verwandter, Bruder, nein, meine eigene Mutter Flüche über das Haus von Villeneuve schleuderten; und trotz allem segnete ich es. Ich sah dich, meine schöne einzige, und segnete es. Der Gott des Friedens pflanzte Liebe in unsere Herzen und im Geheimen und in Verschwiegenheit trafen wir uns während manch einer Sommernacht in den mondbeschienenen Tälern; und wenn draußen Tageslicht war, flüchteten wir in diesen süßen Schlupfwinkel, um seinen prüfenden Blick zu vermeiden und hier, gerade hier, wo ich jetzt flehend knie, knieten wir beide und vollzogen unsere Gelübde. Sollen sie zerbrochen sein?"

Constance weinte, da ihr Geliebter sie an die Bilder glücklicher Stunden erinnerte. „Nie", rief sie aus, „Oh, nie! Du wissest, oder wirst bald wissen, Gaspar, das Schicksal und die Beschlüsse von einer, die nicht die Deine zu sein wagt. War es an uns, von Liebe und Glück zu reden, als Krieg, und Hass und Blut um uns rasten? Die flüchtigen Blumen, die unsere jungen Hände verstreuten, wurden durch die tödliche Begegnung von Todfeinden zertrampelt. Durch deines Vaters Hand starb meiner; und ein kleiner Schritt ist es, zu wissen,

13

ob, wie mein Bruder schwor und Du leugnest, deine Hand den Schlag austeilte oder nicht austeilte, der ihn zerstörte. Du kämpftest unter jenen, durch die er starb. Sage nichts mehr - kein weiteres Wort. Es wäre Respektlosigkeit gegenüber den ruhelosen Toten, dich anzuhören. Geh, Gaspar; vergiss mich. Unter dem ritterlichen und prächtigen Heinrich kann deine Karriere glorreich sein; und ein schönes Mädchen wird, wie ich es einst tat, deinen Gelübden lauschen und von ihnen glücklich gemacht. Lebe wohl! Möge die Jungfrau dich segnen. In meiner Zelle und Klosterheim werde ich die christlichste aller Lektionen nicht vergessen - zu beten für unsere Feinde. Gaspar, lebe wohl!"

Sie glitt hastig aus der Laube. Mit schnellen Schritten schlüpfte sie aus der Lichtung und suchte das Schloss auf. Einmal innerhalb der Abgeschiedenheit ihrer eigenen Räume, gab sie dem Ausbruch des Kummers nach, der ihren sanften Busen wie ein Sturm zerriss; denn in ihr war diese böse Art von Trauer, die vergangene Freuden verdirbt, erbarmungslos auf die Erinnerung an das Glück wartet, und Liebe und eingebildete Schuld in solch furchtbarer Gesellschaft aneinander bindet, wie jener Tyrann, der einen lebenden Körper an eine Leiche band. Plötzlich raste ein Gedanke durch ihren Verstand. Zuerst wies sie ihn als infantil und abergläubisch zurück; aber er ließ sich nicht verdrängen. Sie rief hastig ihre Dienerin.

„Manon", sagte sie, „hast Du jemals auf dem Bett der Heiligen Katharina geschlafen?"

Manon bekreuzigte sich.

„Der Himmel bewahre! Niemand hat es jemals getan, seit ich geboren wurde, außer zweien. Eine fiel in die Loire und ertrank; die andere schaute nur auf das enge Bett und kehrte ohne ein Wort zu ihrem Haus zurück. Es ist ein schrecklicher

Ort; und wenn die Geweihte kein frommes und gutes Leben geführt hat, wehe der Stunde, wenn sie ihr Haupt auf dem heiligen Stein ausruht!"

Constance bekreuzigte sich auch.

„Was unser Leben betrifft, können wir, einige von uns, nur durch unseren Herrn und die gesegneten Heiligen auf Rechtschaffenheit hoffen. Ich schlafe morgen Nacht auf diesem Lager!"

„Du liebe Zeit, meine Dame! Und morgen kommt der König an."

„Desto nötiger ist es, dass ich entschlossen bin. Es kann nicht sein, dass ein Elend so intensiv in einem Herzen wohnt und kein Heilmittel gefunden werden kann. Ich hatte gehofft, der Friedensbringer für unsere Häuser zu sein; und wenn die gute Arbeit für mich eine Krone von Dornen ist, soll der Himmel mich leiten. Ich ruhe morgen Nacht auf dem Bett der Heiligen Katharina. Und wenn, wie ich gehört habe, sich die Heilige herablässt, ihre Geweihten in Träumen zu leiten, werde ich von ihr geführt; und da ich glaube, dass ich entsprechend der Gebote des Himmels handle, werde ich mich sogar mit dem Schlechtesten abfinden."

Der König war auf seinem Weg von Paris nach Nantes, und er schlief in dieser Nacht in einem Schloss, nur einige Meilen entfernt. Vor der Morgendämmerung wurde ein junger Kavalier in seine Kammer geführt. Der Ritter hatte ein ernstes, nein, ein trauriges Antlitz; und obwohl schön an Gesichtszügen und Gliedern, sah er müde und abgezehrt aus. Er stand still in Heinrichs Gegenwart, der, aufmerksam und fröhlich, seine lebhaften blauen Augen auf seinen Gast wandte, und sanft sagte: „So fandest Du sie halsstarrig, Gaspar?"

„Ich fand sie zu unser beider Elend entschlossen. Ach! Euer Gnaden, es ist nicht, haltet es mir zugute, mein geringster Kummer, dass Constance ihr eigenes Glück opfert, wenn sie meines zerstört."

„Und Du glaubest, dass sie nein zu dem lustigen Chevalier sagt, den wir selbst ihr darreichen?"

„Oh, Euer Gnaden, denkt nicht, dass dieser Gedanke nicht entzündet werden kann. Mein Herz dankt Euch sehr, wirklich sehr, für Eure großzügige Herablassung. Aber sie, die die Stimme ihres Geliebten in der Einsamkeit - dessen dringende Bitten, als Gedenken und Abgeschiedenheit den Zauber unterstützten - nicht überzeugen konnte, widersteht sogar Befehlen Eurer Majestät. Sie ist dazu geneigt, in ein Kloster einzutreten; und ich, so es Euch gefällt, nehme jetzt meinen Abschied. Ich bin fortan ein Soldat des Kreuzes."

„Gaspar", sagte der Monarch, „ich kenne die Frauen besser als Du. Weder durch Unterwerfung noch durch tränenüberströmte Klagen ist sie zu gewinnen. Der Tod ihrer Verwandten sitzt natürlich schwer im Herzen der jungen Gräfin; und, in Einsamkeit ihr Bedauern und ihre Reue nährend, glaubt sie, dass der Himmel selbst ihre Vereinigung verbietet. Lassen Sie die Stimmen der Welt sie erreichen - die Stimmen von irdischer Kraft und irdischer Liebenswürdigkeit - die eine befehlend, die andere bittend, und beide finden Antwort in ihrem Herzen, und durch mein Wort und das Heilige Kreuz wird sie die Ihre sein. Lassen Sie uns unseren Plan verborgen halten. Und jetzt zu Pferd. Der Morgen kommt, und die Sonne geht auf."

Der König kam im Palast des Bischofs an und begab sich umgehend zur Messe in die Kathedrale. Ein luxuriöses Abendessen folgte, und es war Nachmittag, bevor der Monarch durch die Stadt weiterfuhr, die Loire entlang, wo,

16

etwas hinter Nantes, das Château Villeneuve lag. Die junge Gräfin empfing ihn am Tor. Heinrich suchte vergeblich die von Elend erbleichte Wange, den Ausdruck niedergedrückter Verzweiflung, den er erwartet hatte. Ihre Wange war rot, ihr Verhalten lebhaft, ihre Stimme zitterte kaum.

„Sie liebt ihn nicht", dachte Heinrich, „oder ihr Herz hat schon eingewilligt."

Ein Imbiss war für den Monarchen vorbereitet; und nach einigem Zögern, von der Fröhlichkeit ihrer Miene ermutigt, erwähnte er den Namen von Gaspar. Constance wurde rot, statt blass zu werden, und antwortete schnell: „Morgen, mein guter Lehnsherr. Ich bitte um einen Aufschub, nur bis morgen; alles wird dann entschieden; morgen werde ich Gott geloben - oder…"

Sie sah verwirrt aus, und der König, überrascht und erfreut, sagte sofort: „Dann hassen Sie den jungen De Vaudemont nicht; Sie verzeihen ihm das feindselige Blut, das seine Venen erwärmt."

„Uns wird beigebracht, dass wir verzeihen sollen, dass wir unsere Feinde lieben sollen", antwortete die Gräfin mit einiger Ängstlichkeit.

„Nun, bei Saint Denis, das ist eine recht willkommene Erklärung für den Novizen", sagte der König lachend. „Was, he! Mein treuer Dienstmann, Dan Apollo[4] in Verkleidung! Komm heraus und danke deiner Dame für ihre Liebe."

In solcher Verkleidung, die ihn vor allen verborgen hatte, hatte der Kavalier hinten gestanden und mit unendlicher Überraschung das Benehmen und die ruhige Miene der Dame betrachtet. Er konnte ihre Worte nicht hören. Aber war dies wirklich sie, die er den Abend davor zittern und weinen

---

[4] Herr Apoll; Dan (altfrz.), hergeleitet von Dominus, wie Dame von Domina.

gesehen hatte? War dies sie, deren ganzes Herz von widerstreitenden Leidenschaften zerrissen wurde? Die sah, wie die bleichen Geister von Eltern und Verwandten zwischen ihr und dem Geliebten standen, den sie mehr als ihr Leben liebte? Es war ein Rätsel, schwer zu lösen. Der Ruf des Königs stand im Einklang mit seiner Ungeduld, und er sprang vorwärts. Schon war er zu ihren Füßen, während sie, noch von Leidenschaften beherrscht, überreizt von der äußersten Ruhe, die sie vorgetäuscht hatte, einen Schrei ausstieß, als sie ihn erkannte und besinnungslos zu Boden sank.

All dies war sehr unverständlich. Sofort, nachdem ihre Dienerinnen sie zum Leben zurückgebracht hatten, folgte ein weiterer Anfall, und dann eine leidenschaftliche Flut von Tränen; während der Monarch, der in der Halle wartete, den halb gegessenen Imbiss beäugte, etwas von Romantik murmelte, eingedenk der Eigenwilligkeit der Frauen, und nicht wusste, wie auf Vaudemonts Blick voll bitterer Enttäuschung und Sorge zu antworten sei. Schließlich kam die Kammerfrau der Gräfin mit einer Entschuldigung:

„Ihre Ladyschaft ist krank, sehr krank. Am nächsten Tag wird sie sich zu Füßen des Königs werfen, seine sofortige Verzeihung erflehen und ihre Absichten offenbaren."

„Morgen, wieder morgen! Trägt das Morgen einen Reiz, Maid?" sagte der König. „Kannst Du uns das Rätsel lösen, Hübsche? Welche seltsame Geschichte gehört dem Morgen, das alles auf seinen Anbruch wartet?"

Manon verfärbte sich, sah nach unten und zögerte. Aber Heinrich war kein Anfänger in der Kunst, die Dienerinnen der Damen dazu zu verlocken, den Ratschluss ihrer Damen zu offenbaren. Manon war außerdem über die Idee der Gräfin erschrocken, auf der sie immer noch hartnäckig bestand, so dass sie um so bereitwilliger dazu gebracht wurde, sie

18

preiszugeben. Zu schlafen auf dem Bett der Heiligen Katharina; auf einem engen Sims zu ruhen, der über der tief unten fließenden Loire vorstand; und, wenn der unglückliche Träumer dem Schicksal entkam, in sie zu fallen, die verstörenden Visionen aufzunehmen, die solch unbehaglicher Schlummer durch das Gebot des Himmels erzeugen könnte; das war ein Wahnsinn, für den selbst Heinrich kaum irgendeine Frau für fähig erachtete. Aber konnte Constance, sie, deren Geist von so hoher Schönheit war, und die er ständig für die Stärke ihres Verstand und ihrer Talente loben gehört hatte, wie konnte *sie* so sonderbar vernarrt sein! Und kann die Leidenschaft uns solche Streiche spielen? Gleich dem Tod, der sogar die Aristokratie der Seele einebnet und Edelmann und Bauer, die Klugen und die Törichten, unter eine Knechtschaft bringt? Es war seltsam. Ja, sie musste ihren Weg gehen. Dass sie in ihrer Entscheidung zögerte, war viel; und es war zu hoffen, dass die Heilige Katharina keine übellaunige Rolle spielen würde. Sollte sie es andererseits tun, eine durch einen Traum umgestimmte Absicht könnte auch von anderen, wachen Gedanken beeinflusst werden. Für die mehr materiellere Art von Gefahr würde Schutz vonnöten sein.

Es gibt kein schrecklicheres Gefühl, als jenes, das in ein gebeugtes, schwaches menschliches Herz eindringt, um seine unregierbaren Impulse im Widerspruch zu den Geboten des Bewusstseins zu befriedigen. Verbotene Freuden, sagt man, sollen die angenehmsten sein; es mag so sein für raue Naturen, jenen, die sich gerne herumschlagen, kämpfen und streiten; die Glück in einer Rauferei und Freude am Konflikt der Leidenschaften finden. Aber weicher und süßer war der sanfte Geist von Constance; Liebe und Pflichtgefühl kämpften in ihr miteinander, drückten ihr armes Herz zusammen und quälten es. Es zu binden, es zu den Inspirationen der Religion oder, wenn man es so nennen will, des Aberglaubens zu führen, wäre eine gesegnete Entlastung. Die äußersten Gefahren, die ihrem Unternehmen drohten, gaben ihm Begeisterung; es um seinetwillen zu wagen, bedeutete Glück. Die äußerste Schwierigkeit des Weges, der sofort zur Erfüllung ihrer Wünsche führte, stellte ihre Liebe zufrieden und lenkte ihre Gedanken von ihrer Verzweiflung ab. Oder, wenn es verfügt wurde, dass sie alles opfern musste, war das Risiko der Gefahr und des Todes unwichtig im Vergleich zu der Qual, die dann ein Teil von ihr für immer wäre.

Die Nacht drohte, stürmisch zu werden; der rasende Wind schüttelte die Türflügel, und die Bäume schwenkten ihre riesigen schattenhaften Arme, wie Riesen in phantastischem Tanz und tödlichem Streit. Constance und Manon verließen unbemerkt das Château durch einen Hinterausgang und gingen den Hang hinunter. Der Mond war noch nicht aufgegangen. Obwohl beiden der Weg vertraut war, taumelte Manon und zitterte, während die Gräfin, die ihren seidenen Mantel um sich zog, mit festem Schritt die Neigung hinunterging. Sie kamen zum Ufer des Flusses, wo ein kleines Boot vertäut war und ein Mann wartete. Constance stieg leichtfüßig hinein und half dann ihrer furchtsamen Begleiterin. Im nächsten Moment waren sie in der Mitte des Stroms. Der warme, stürmische, belebende, äquinoktiale Wind fegte über sie hinweg. Zum ersten Mal, seitdem sie trauerte, schwoll eine Erregung von Vergnügen im Busen Constances an. Sie bejubelte das Gefühl mit doppelter Freude. Es kann nicht sein, dachte sie, dass der Himmel mir verbietet, jemanden zu lieben, so tapfer, so großzügig und so gut wie der edle Gaspar. Einen anderen kann ich niemals lieben. Ich werde sterben, wenn ich von ihm getrennt bin; und dieses

Herz, diese Glieder, so erfüllt von glühender Empfindung, sind sie schon einem frühen Grab vorherbestimmt? Oh nein! Das Leben spricht laut in ihnen. Ich werde leben, um zu lieben. Lieben nicht alle Dinge? Der Wind, wenn er dem schießenden Wasser zuflüstert? Das Wasser, wenn es die blumigen Ufer küsst und davon saust, um sich mit dem Meer zu vermischen? Himmel und Erde werden aufrechterhalten und überleben durch die Liebe; und sollte Constance allein, deren Herz immer ein tiefer, sprudelnder, überschwemmender Brunnen wahrer Zuneigung gewesen ist, gezwungen sein, einen Stein auf den Brunnen zu setzen, um ihn für immer zu verschließen?

Diese Gedanken boten tröstliches für angenehme Träume; und vielleicht gab ihnen die Gräfin, eine Adeptin der Lehre des blinden Gottes, deshalb umso bereitwilliger nach. Aber als sie so von sanften Gefühlen gefesselt wurde, packte Manon ihren Arm.

„Lady, schaut", rief sie. „Etwas kommt - doch die Ruder machen kein Geräusch. Die Jungfrau beschirme uns jetzt! Wären wir nur zu Hause!"

Ein dunkles Boot glitt an ihnen vorbei. Vier Ruderer, gekleidet in schwarzen Mänteln, zogen an den Rudern, die, wie Manon sagte, kein Geräusch von sich gaben; eine weitere Gestalt saß am Steuer. Wie die übrigen war seine Person in einen dunklen Mantel gehüllt, aber er trug keinen Hut; und, obwohl sein Gesicht von ihnen abgewendet war, erkannte Constance ihren Geliebten.

„Gaspar," rief sie laut, „Du selbst?"

Aber die Gestalt im Boot drehte weder ihren Kopf noch antwortete sie, und sie verschwand schnell im schattenhaften Wasser.

Wie verändert war jetzt die Träumerei der schönen Gräfin! Schon hatte der Himmel seinen Zauber begonnen, und unheimliche Formen waren da, als ihre Augen angestrengt durch das Dunkel starrten. Bald sah sie sie, bald verlor sie die Sicht auf die Barke, die ihren Schrecken veranlasste; und nun schien es, dass es eine andere war, mit den Geistern der Toten; ihr Vater winkte ihr von Küste zu, und ihre Brüder schauten missbilligend auf sie.

Inzwischen näherten sie sich der Anlegestelle. Ihre Barke wurde in einer kleinen Bucht vertäut, und Constance stand am Ufer. Jetzt zitterte sie, und gab halb Manons dringender Bitte, zurückzukehren, nach; bis die unkluge *suivante*[5] die Namen des Königs und De Vaudemonts erwähnte und von der Antwort sprach, die morgen zu geben war. Welche Antwort, wenn sie von ihrem Vorhaben zurückschreckte?

Sie eilte jetzt vorwärts über den aufgebrochenen Boden und dann das Ufer entlang, bis sie zu einem Hügel kamen, der jäh abbrechend über der Flut hing. Eine kleine Kapelle stand in der Nähe. Mit zitternden Fingern zog die Gräfin den Schlüssel heraus und schloss die Tür auf. Sie traten ein. Es war dunkel - außer einer Lampe, die im Wind flackerte und vor der Gestalt der Heiligen Katharina ein unsicheres Licht zeigte. Die zwei Frauen knieten nieder; sie beteten. Dann erhob sich die Gräfin und entbot in einem fröhlichen Tonfall ihrer Dienerin eine gute Nacht. Sie schloss eine kleine niedrige Eisentür auf, die sich in eine enge Höhle öffnete. Das Brüllen des Wassers war dahinter zu hören.

„Du solltest mir nicht folgen, meine arme Manon", sagte Constance, „auch wenn Du es dir sehr wünscht. Dieses Abenteuer ist für mich allein."

---

[5] Frz.: Dienerin.

Es war kaum gerecht, die zitternde Dienerin in der Kapelle allein zu lassen, die weder Hoffnung, noch Furcht, noch Liebe, noch Kummer hatte, um sich damit die Zeit zu vertreiben; aber in jenen Tagen spielten Esquire[6] und Kammerfrauen dieselbe Rolle wie untere Ränge in der Armee, ernteten Schläge und keinen Ruhm. Außerdem war Manon sicher, auf heiligem Grund. Die Gräfin folgte inzwischen ihrem Weg, tastete sich in der Dunkelheit durch den schmalen verschlungenen Gang. Schließlich schimmerte vor ihr, was ihren lange verdunkelten Sinnen wie Licht erschien. Sie erreichte eine offene Höhle in dem überhängenden Hügel, und schaute auf die hastende Flut hinunter. Sie sah in die Nacht hinaus. Das Wasser der Loire strömte, wie es seit diesem Tag immer geströmt ist; wechselhaft, doch immer gleich. Der Himmel war dicht verschleiert mit Wolken, und der Wind in den Bäumen klang so traurig und war von so schlechten Vorzeichen begleitet, als ob er um das Grab eines Mörders herumfegte. Constance schauderte etwas und schaute auf ihr Bett - ein enger Sims aus Erde und ein moosbepflanzter Stein darauf, der an den äußersten Rand des Abgrunds grenzte. Sie legte ihren Mantel ab - das war eine der Bedingungen des Zaubers - sie neigte ihren Kopf und löste die Locken ihres dunklen Haares; sie entblößte ihre Füße; und auf diese Art vollständig vorbereitet darauf, bis zum Äußersten den frostigen Einfluss der kalten Nacht zu ertragen, streckte sie sich auf dem engen Lager aus, das kaum Platz für ihr Ruhen gewährte; wenn sie sich im Schlaf bewegte, musste sie in das kalte Wasser unten stürzen.

Zuerst schien es ihr, als ob sie nie wieder schlafen würde. Es war kein großes Wunder, dass sie, dem Wind ausgesetzt und

---

[6] Engl.: Ursprüngliche Bedeutung: *Knappe*; später ein Titel des niederen Adels.

in ihrer gefährlichen Position, ihren Augenlidern verbot, sich zu schließen. Schließlich fiel sie in einen Wachtraum, so sanft und beruhigend, dass sie ihn sogar betrachten *wollte*; und dann wurden ihre Sinne nach und nach verwirrt. Bald war sie auf dem Bett der Heiligen Katharina - die Loire darunter fließend und der wilde Wind hindurch fegend - und bald war sie – oh, wo? Und welche Träume sandte die Heilige, um sie dazu zu bringen, zu verzweifeln oder ihr zu gebieten, für immer gesegnet zu sein?

Jenseits des rauen Hügels über der dunklen Flut beobachtete sie jemand, der tausend Dinge fürchtete und kaum zu hoffen wagte. Er hatte vorgehabt, der Dame auf ihrem Weg voranzugehen, aber als er merkte, das er die Zeit versäumt hatte, war er mit umwickelten Rudern und atemloser Eile an der Barke vorbeigeschossen, die seine Constance aufgenommen hatte, hatte sich nicht einmal zu ihrer Stimme umgedreht, aus Furcht, sie würde ihm Vorwürfe machen und ihm befehlen, umzukehren. Er hatte gesehen, wie sie aus dem Gang auftauchte, und geschaudert, als sie sich über das Kliff lehnte. Er sah, wie sie heraustrat, ganz in Weiß gekleidet, und konnte erkennen, wie sie oben auf dem überhängenden Sims lag. Was für eine Nachtwache würden die Liebenden halten! Sie hingegeben visionären Gedanken; er wissend, und dieses Bewusstsein erregte seinen Busen mit seltsamen Gefühlen, dass Liebe, und zwar die Liebe zu ihm, sie zu diesem gefährlichen Lager geführt hatte; und dass, während Gefahren in jeder Form sie umgaben, sie nur von der leisen ruhigen Stimme erfüllt war, die ihrem Herzen den Traum zuflüsterte, der ihre Schicksale entscheiden würde. Sie schlief vielleicht, aber er wachte und beobachtete. Die Nacht verging; bald betend, bald entzückt, mal durch Hoffnung, mal durch Furcht, saß er in seinem Boot, seine Augen auf das weiße Gewand der Schlummernden dort oben gerichtet.

Der Morgen - war es der Morgen, der in den Wolken kämpfte? Würde der Morgen jemals kommen, sie zu wecken? Und hatte sie geschlafen? Und was für Träume von Wohl oder Wehe hatten ihren Schlaf bevölkert? Gaspar wurde ungeduldig. Er befahl seinen Bootsleuten noch zu warten und sprang vorwärts, in der Absicht, über den Abgrund zu klettern. Vergeblich beschworen sie eindringlich die Gefahr, nein, die Unmöglichkeit des Versuchs; er hing sich an das raue Gesicht des Hügels, und fand Halt, wo es scheinbar keinen Halt gab. Der Hang war nicht hoch; die Gefahren des Bettes der Heiligen Katharina erwuchsen aus der Wahrscheinlichkeit, dass jeder, der auf einem so schmalen Lager schlief, ins Wasser darunter stürzen würde. Den steilen Hang hinauf mühte Gaspar sich ab, und erreichte endlich die Wurzeln eines Baumes, der nahe dem Gipfel wuchs. Mit Hilfe seiner Zweige stand er dann am äußersten Ende des Simses, nahe dem Kissen, auf dem das unbedeckte Haupt seiner Geliebten lag. Ihre Hände waren auf ihrem Busen gefaltet; ihr dunkles Haar fiel um ihre Kehle herum und bettete ihre Wange; ihr Gesicht war heiter. Schlaf war dort in all seiner Unschuld und in all seiner Hilflosigkeit; jedes wildere Gefühl war gedämpft, und ihr Busen bebte unter den regelmäßigen Atemzügen. Er konnte sehen, wie ihr Herz schlug, da es ihre darüber gekreuzten schönen Hände anhob. Keine als monumentales Bildnis aus Marmor gehauene Statue war jemals halb so schön; und in dieser unvergleichlichen Gestalt wohnte eine Seele, wahrer, zarter, selbstergebener und liebevoller, als jemals eine menschliche Brust erwärmte.

Mit welch tiefer Leidenschaft blickte Gaspar auf sie und schöpfte Hoffnung von der Friedfertigkeit ihre Engelsmiene!

Ein Lächeln kräuselte ihre Lippen; und er lächelte unwillkürlich auch, als er das glückliche Omen bejubelte, als ihre Wange plötzlich rot wurde, ihr Busen bebte, eine Träne sich von ihren dunklen Wimpern stahl; und dann fiel ein ganzer Schauer, als sie darauf zu weinen begann: „Nein! Er soll nicht sterben! Ich löse seine Ketten! Ich rette ihn!"

Gaspars Hand war dort. Er fing ihre leichte Gestalt auf, die dabei war, von dem gefährlichen Lager zu fallen. Sie öffnete ihre Augen und erblickte ihren Geliebten, der auf ihren Traum des Schicksals aufgepasst hatte und der sie gerettet hatte.

Manon hatte auch gut geschlafen, träumend oder nicht, und schreckte am Morgen auf, um festzustellen, dass sie von einer Menschenmenge umgeben war. Die kleine trostlose Kapelle war mit Tapisserie verhangen - der Altar geschmückt mit goldenen Kelchen - der Priester las eine Messe einem stattlichen Aufgebot von knienden Rittern. Manon sah, dass König Heinrich dort war; und sie suchte einen anderen, den sie nicht fand. Da ging die Eisentür des Höhlengangs auf und Gaspar de Vaudemont trat ein, die schöne Gestalt von Constance mit sich führend. Diese, in ihrer weißen Robe und mit dunklem zerzaustem Haar, mit einem Gesicht, in dem Lächeln und Erröten mit tieferen Gefühlen kämpften, ging zum Altar und sprach, mit ihrem Geliebten kniend, die Gelübde, die sie für immer vereinten.

Es dauerte lange, bevor der glückliche Gaspar seiner Dame das Geheimnis ihres Traumes abgewinnen konnte. Trotz des Glücks, das sie jetzt genoss, hatte sie zu viel erlitten, um nicht, außer mit Schrecken, auf jene Tage zurückzublicken, als sie dachte, Liebe sei ein Verbrechen und jedes Ereignis, das mit ihr verbunden sei, trüge einen schrecklichen Aspekt. Manch eine Vision, sagte sie, hatte sie in dieser furchtbaren Nacht. Sie hatte die Geister ihres Vaters und ihrer Brüder im

Paradies gesehen; sie hatte gesehen, wie Gaspar siegreich gegen die Ungläubigen kämpfte; sie hatte ihn an König Heinrichs Hof erblickt, bevorzugt und beliebt; und sie selbst - bald vor Gram vergehend in einem Kloster, bald eine Braut; mal für das volle Maß des ihr überreichten Glücks dem Himmel dankbar, mal ihre traurigen Tage lang weinend - bis sie plötzlich dachte, sie sei in Land der Paynim;[7] und die Heilige selbst, Sankt Katharina, würde sie unbemerkt durch die Stadt der Ungläubigen führen. Sie betrat einen Palast und sah, wie sich die Bösewichte über ihren Sieg freuten; und, dann stieg sie zu den Verliesen darunter hinab, tastete sich ihren Weg durch feuchte Gewölbe und verschimmelte tiefe Gänge bis zu einer Zelle, dunkler und schrecklicher als die anderen. Auf dem Boden lag jemand in verschmutzter und zerlumpter Kleidung, mit vernachlässigten Locken und wildem, verfilztem Bart. Seine Wangen waren eingefallen und dünn; seine Augen hatten ihr Feuer verloren; seine Gestalt war ein bloßes Skelett; die Ketten hingen lose auf den fleischlosen Knochen.

„Und war es meine Erscheinung in diesem attraktiven Staat und gewinnendem Kostüm, die das harte Herz von Constance milde stimmten?" fragte Gaspar, dieses Bild anlächelnd, das nie sein würde.

„Sehr sogar", antwortete Constance; „denn mein Herz flüsterte mir zu, das dies meine Tat war; und wer konnte das Leben zurückrufen, das in Deinem Puls schwand - wer es wiederherstellen, außer dem Zerstörer? Mein Herz erwärmte sich nie für meinen lebenden, glücklichen Ritter, wie für sein verfallenes Abbild, als es in den Visionen der Nacht zu

---

[7] Engl.: Älterer Ausdruck für Heiden oder Nicht-Christen, insbesondere Muslime (hergeleitet aus lat. *paganus*).

meinen Füßen lag. Ein Schleier fiel von meinen Augen; eine Dunkelheit wurde vor mir zerstreut. Mich deuchte, dass ich damals zum ersten Mal wusste, was Leben und was Tod war. Mir wurde geheißen zu glauben, die Lebenden glücklich zu machen, bedeute, die Toten nicht zu verletzen; und ich fühlte, wie gottlos und leer diese falsche Philosophie war, die Tugend und Wohlwollen in Hass und Unfreundlichkeit verwandelte. Du würdest nicht sterben. Ich würde deine Ketten lockern, dich retten und dir gebieten, für die Liebe zu leben. Ich sprang vorwärts; und der Tod, den ich für dich missbilligte, wäre in meiner Vermessenheit mein eigener gewesen; gerade, als ich zum ersten Mal den wirklichen Wert des Lebens fühlte. Aber da war dein Arm, um mich zu retten, deine liebe Stimme, um mir zu gebieten, auf immer gesegnet zu sein."

Eine Geschichte der Leidenschaften

Nach dem Tode Manfreds, des Königs von Neapel,[8] verloren die Ghibellinen[9] ihre Vormachtstellung überall in Italien. Die verbannten Guelfen kehrte in ihre heimische Städte zurück; und, nicht damit zufrieden, die Zügel der Regierung wieder aufzunehmen, verfolgten sie ihren Triumph weiter, bis die Ghibellinen ihrerseits gezwungen waren zu fliehen und in der Verbannung über den gewalttätigen Parteigeist zu trauern, der ihre blutigen Siege bewirkt hatte, und jetzt ihre unwiederbringliche Niederlage. Nach einem starrsinnigen Kampf wurden die florentinischen Ghibellinen gezwungen, ihre Heimatstadt zu verlassen; ihr Besitz wurde beschlagnahmt, ihre Versuche, die alte Stellung zurückzuerobern, waren vergeblich; und, von Schloss zu Schloss wandernd, nahmen sie schließlich Zuflucht in Lucca

---

[8] Manfred (1232-1266), König von Sizilien (seit 1258); Statthalter des römisch-deutschen Königs Konrad IV. in Italien. Fiel im Kampf gegen Karl I. von Anjou.

[9] Ghibellinen und Guelfen: Bezeichnung für die beiden widerstreitenden Parteien im Italien des 13. Jahrhunderts im Gefolge des Thronstreits zwischen Staufern und Welfen; die Ghibellinen standen dabei für einen kaiserlichen unitaristischen Zentralstaat, die Guelfen für eine förderalistisch-partikulare Volkspartei im Bündnis mit dem Papst.

und erwarteten mit Ungeduld die Ankunft von Corradino[10] aus Deutschland, durch dessen Einfluss sie die imperiale Souveränität wieder zu errichten hofften.

Der Erste Mai war immer ein Tag von Jubel und Festlichkeit in Florenz. Die Jugend beider Geschlechter und der höchsten Ränge paradierten blumenbekränzt durch die Straßen und sangen die Kanzone[11] des Tages. Am Abend setzten sie sich auf der *Piazza del Duomo* zusammen und verbrachten die Stunden beim Tanzen. Der *Carroccio[12]* wurde durch die Hauptstraßen geführt, das Klingen seiner Glocke ertrank in dem Läuten, der aus jedem Glockenturm in der Stadt erschallte, und in der Musik von Querpfeifen und Trommeln, die einen Teil des Umzugs ausmachten, der ihm folgte. Der Triumph der amtierenden Partei in Florenz bewirkte, dass sie den Jahrestag des Ersten Mai 1268 mit seltsamer Pracht feierte. Sie hatten wirklich gehofft, dass Karl von Anjou, König von Neapel,[13] der Kopf des Guelfen in Italien, und auch *Vicare[14]* ihrer Republik, wäre da gewesen, um das Fest durch seine Gegenwart zu schmücken. Aber die Erwartung von Corradino hatte bewirkt, dass der größere Teil seines gerade besiegten und unterdrückten Königreichs revoltierte, und er hatte hastig die Toskana verlassen, um durch seine Gegenwart jene Eroberungen zu sichern, deren Verlust durch

---

[10] Italienischer Name für den letzten Staufer Konradin (1252-1268), Herzog von Schwaben, Sohn Konrads IV.

[11] Ital.: Lied; auch Bezeichnung für eine lyrische Gedichtform, besonders in Italien gepflegt.

[12] Ital.: Fahnenwagen.

[13] Karl I. von Anjou (1226-1285), König von Sizilien (1265-1282) und Neapel (seit 1265).

[14] Ital.: Vertreter, Verweser.

seine Habgier und Grausamkeit drohte. Aber, obwohl Karl den nahenden Kampf mit Corradino ein wenig fürchtete, erlaubten die gerade in ihrer Stadt und ihren Besitz wieder eingesetzten florentinischen Guelfen keiner Furcht, ihren Triumph zu bewölken. Die großen Familien wetteiferten miteinander in der Darstellung ihrer Großartigkeit während des Fests. Die Ritter folgten dem *Carroccio* auf dem Pferderücken, und die Fenster waren voller Damen, die auf goldgewirkten Teppichen lehnten, während ihre nur mit Blumen geschmückten Kleider, einfach und zugleich elegant, , im Gegensatz zu der glänzenden Tapisserie und den leuchtenden Farben der Flaggen der verschiedenen Gemeinden standen. Die ganze Bevölkerung von Florenz strömte in die Hauptstraßen und keiner, außer den Hinfälligen und Kranken, blieb zu Hause, es sei denn, es war ein unzufriedener Ghibelline, dessen Furcht, Armut oder Habgier ihn veranlasst hatte seine Partei zu verleugnen, als sie aus der Stadt verbannt worden war.

Es war nicht das Gefühl der Unzufriedenheit, das Monna Gegia de'Becari daran hinderte, unter den ersten der Feiernden zu sein; und sie schaute wütend auf das, was sie ihr „Ghibellinisches Bein" nannte, das sie an solch einem Tag des Triumphs an ihren Stuhl fesselte. Die Sonne schien in all ihrer Pracht an einem wolkenlosen Himmel und veranlasste die schönen Florentinerinnen, ihre *fazioles*[15] über ihre dunklen Augen zu ziehen und den Jünglingen jenes Leuchten zu nehmen, das sie mehr belebte als die Strahlen der Sonne. Dieselbe Sonne ließ ihr volles Licht in die einsame Wohnung von Monna Gegia fließen und löschte fast das Feuer, das in der Mitte des Raumes brannte und über dem der Topf mit

---

[15] Mz. von *faziola* (ital.): Kopftuch (veraltet).

minestra[16] hing, das Abendessen der Dame und ihres Mannes. Aber sie hatte das Feuer verlassen und sich ans Fenster gesetzt, ihre Perlen in ihrer Hand haltend, während sie hin und wieder von ihrem Fenstergitter aus (fünf Stockwerke hoch) in die enge Gasse hinunter pfiff, aber kein Geschöpf ging vorbei. Sie sah auf das gegenüberliegende Fenster. Eine Katze schlief dort neben einem Topf mit Heliotrop; aber kein menschliches Wesen war zu hören oder zu sehen. Sie waren alle zur *Piazza del Duomo* gegangen.

Monna Gegia war eine alte Frau und ihr Kleid aus grünem *coloratio*[17] zeigte, das sie zur Zunft der *Arti Minori*[18] gehörte. Ihr Kopf wurde von einem roten Kopftuch bedeckt, das, dreieckig gefaltet, lose darauf lag; ihre grauen Haare waren von ihrer hohen und zerknitterten Stirn zurückgekämmt. Die Schnelligkeit ihres Auges sprach von ihrem regen Verstand, und die leichte Reizbarkeit, die in den Winkeln ihrer Lippen hing, mag durch den ständig zwischen ihren körperlichen und geistigen Fähigkeiten geführten Krieg veranlasst worden sein.

„Nun, bei Sankt Johannes!" sagte sie. „Ich würde mein goldenes Kreuz geben, um eine von ihnen zu sein; obwohl dadurch, dass ich es hergebe, würde ich auf einem *festa*[19] ohne es erscheinen, wo es mir doch noch bei keinem *festa* jemals fehlte."

Und, als sie sprach, schaute sie mit großer Selbstzufriedenheit auf ein großes, aber dünnes goldenes Kreuz, das um ihren verdorrten Hals herum von einem Band gehalten wurde, einst schwarz, nun von einem rostigen Braun.

---

[16] Ital.: Suppe.

[17] Ital.: farbige Kleidung (veraltet).

[18] Ital.: Kunsthandwerk.

[19] Ital.: Feier.

„Mich deucht, dieses Bein von mir ist verzaubert; und es kann gut sein, dass mein ghibellinischer Mann die schwarze Kunst verwendet hat, um mich daran zu hindern, dem *Carroccio* mit den besten von ihnen zu folgen."

Ein leichter Klang, wie von Schritten, weit unten auf der Straße, unterbrach den Monolog der guten Frau.

„Vielleicht es ist Monna Lisabetta oder Messer Giani dei Agli, der Weber, der zuerst in die Bresche stieg, als das Schloss von Pagibonzi genommen wurde."

Sie sah hinunter, konnte aber niemanden sehen und war im Begriff, in ihren alten Gedankengang zurückzufallen, als ihre Aufmerksamkeit wieder vom Klang von Schritten, die die Stufen hinaufstiegen, angezogen wurde. Sie waren langsam und schwer, aber sie hatte keinen Zweifel daran, wer ihr Besucher war, als ein Schlüssel in das Schloss der Tür gesteckt wurde. Der Riegel wurde hochgehoben, und einen Moment danach trat ihr Mann mit einer unsicheren Miene und niedergeschlagenen Augen ein.

Er war ein kleiner verkümmerter Mann, mehr als sechzig Jahre alt; seine Schultern waren breit und hoch; seine Beine kurz; sein strähniges Haar war, obwohl es jetzt nur noch auf der Rückseite seines Kopfes wuchs, immer noch kohlschwarz. Seine Brauen waren lang und buschig, seine Augen schwarz und schnell, sein Teint dunkel und wettergegerbt. Seinen Lippen schienen der Strenge des oberen Teil seines Gesichts widersprechen zu wollen, denn ihre sanfter Schwung kündete sogar von Feingefühl, und ihr Lächeln war unsagbar süß, obwohl ein kurzer, buschiger, grauer Bart den Ausdruck seiner Miene ein wenig verdarb. Seine Kleidung bestand aus Lederhosen und einer Art kurzen, groben, an der Taille von einem ledernen Gürtel zusammengehaltenen Tuchkittel. Er hatte eine niedrige rote Tuchmütze auf, die er über seinen

Augen zog, und als er sich auf eine niedrige Bank am Feuer setzte, stieß er einen tiefen Seufzer hervor. Er schien abgeneigt, in irgendein Gespräch einzutreten, aber Monna Gegia, die auf ihn mit einem Lächeln unaussprechlicher Verachtung blickte, hatte beschlossen, dass er seine melancholische Stimmung nicht ununterbrochen genießen sollte.

„Bist Du zur Messe gewesen, Cincolo?" fragte sie, mit einer Frage beginnend, die entfernt genug von dem Punkt war, zu dem sie gelangen wollte.

Er zuckte unbehaglich mit seinen Schultern, aber antwortete nicht.

„Du kommst zu früh zu deinem Abendessen", fuhr Gegia fort. „Gehst Du nicht wieder hinaus?"

„Nein!" antwortete Cincolo, in einem Tonfall, der seine Abneigung nach weiterer Befragung zum Ausdruck brachte. Aber genau diese Ungeduld diente nur dazu, den Geist des Streits zu füttern, der im Busen von Gegia brodelte.

„Du bist nicht dazu gemacht", sagte sie, „deine Mai-Tage an deinem Kamin zu verbringen."

Keine Antwort.

„Gut", machte sie weiter, „wenn Du nicht sprechen willst, ich bin am Ende!" Das sollte heißen, dass sie gerade erst anfangen wollte. „Aber an deinem langen Gesicht sehe ich, dass dich gute Nachrichten von außerhalb aufwühlen, und ich die Jungfrau dafür segne, was immer es sein mag. Komm, wenn Du nicht zu verflucht bist, sage mir, welche glückliche Kunde dir so den Jammer vertreibt."

Cincolo blieb eine Weile still, dann drehte er sich herum, und ohne seine Frau anzusehen, antwortete er: „Was, wenn der alte Marzio, der Löwe, tot ist?"

Gegia wurde bei dem Gedanken blass, aber ein Lächeln, das im gutmütigen Mund ihres Mannes lauerte, beruhigte sie.

„Nein, Sankt Johannes beschütze uns!" begann sie. „Aber das ist nicht wahr. Des alten Marzios Tod würde dich nicht in diese vier Wände treiben, außer es wäre, um über deine alte Frau zu triumphieren. Durch die Segnung von Sankt Johannes ist nicht einer unserer Löwen seit dem Abend vor der Schlacht von Monte Aperto gestorben; und ich habe keinen Zweifel daran, dass sie vergiftet wurden; denn der Mann, der sie diese Nacht fütterte, war mehr als ein halber Ghibelline in seinem Herzen. Außerdem läuten immer noch die Glocken, und die Trommeln schlagen immer noch, und alles wäre sehr still, wenn der alte Marzio gestorben wäre. Auch am Ersten Mai! Santa Reparata[20] ist zu gut zu uns, um solch ein Unglück zu erlauben; und sie genießt mehr Gunst, ich vertraue darauf, im siebten Himmel als all die ghibellinischen Heiligen in deinem Kalender. Nein, guter Cincolo, Marzio ist nicht tot, noch der Heilige Vater, noch Messer Carlo von Neapel; aber ich würde mein goldenes Kreuz gegen den Reichtum deiner verbannten Männer verwetten, dass Pisa gefallen ist, oder Corradino, oder..."

„Und ich hier! Nein, Gegia, so alt wie ich bin, und, wie sehr Du auch meine Hilfe brauchst (und das ist letztlich, warum ich überhaupt hier bin), Pisa wird nicht genommen, solange dieser alte Körper in der Bresche stehen kann; und Corradino wird nicht sterben, bis dieses träge Blut auf dem Boden kälter ist, als es in meinem Körper ist. Stelle keine weiteren Fragen und reize mich nicht. Es gibt keine Nachrichten, gute oder

---

[20] Der Legende nach erlitt die hl. Reparata im Alter von 12 Jahren den Märtyrertod unter Kaiser Decius (249-251); nach ihr wurde eine Kathedrale in Florenz benannt, heute steht dort der Dom Santa Maria el Fiore.

schlechte, die ich weiß. Aber als ich sah, wie die Neri, die Pulci, die Buondelmonti, und der Rest von ihnen wie Könige durch die Straßen ritten, eben jene Hände kaum trocken vom Blut meiner Verwandtschaft; als ich sah, dass ihre Töchter mit Blumen gekrönt waren, und dachte, wie die Tochter von Arrigo dei Elisei um ihren ermordeten Vater trauerte, mit Asche auf ihrem Haupt am Herd eines Fremden - mein Geist muss toter sein, als er ist, wenn solch ein Anblick in mir nicht den Wunsch erweckte, zwischen sie zu fahren. Und mich deuchte, ich könnte ihren Pomp mit meiner Ahle als Schwert zerstreuen. Aber ich erinnerte mich an dich und bin hier, unbefleckt von Blut."

„Das wirst Du niemals sein!" schrie Monna Gegia, die Farbe stieg in ihren zerknitterten Wangen an. „Seit der Schlacht von Monte Aperto, warst Du nie von jenem Blut reingewaschen gewesen, vergossen von dir und deinen Verbündeten, und wie könntest Du? Denn der Arno in seinem Lauf war seither nie mehr frei von dem Blut, das vergossen wurde."

„Und, wenn das Meer rot von diesem Blut wäre, wenn es immer noch etwas von dem Blut der Guelfen zu vergießen gäbe, wäre ich bereit, es zu vergießen, wäre es nicht wegen dir. Du tust gut daran, Monte Aperto zu erwähnen, und Du würdest dich besser daran erinnern, über wen sein Gras jetzt wächst."

„Frieden, Cincolo; das Herz einer Mutter trägt mehr Erinnerung in sich, als Du denkest. Und ich erinnere mich gut daran, wer mich zurückwies, als ich kniete, und mein einziges Kind fortschleifte, erst sechzehn Jahre alt, um für die Sache dieses Irrgläubigen Manfred zu sterben. Lass uns wirklich nicht mehr darüber sprechen. Wehe dem Tag, als ich dich heiratete! Aber dies waren glückliche Zeiten, als es weder Guelfen noch Ghibellinen gab; sie kehren niemals zurück."

„Niemals; bis, wie Du sagtest, der Arno frei vom vergossenen Blut auf seinen Ufern fließt; niemals, wenn ich das Herz eines Guelfen durchstechen kann; niemals, bis beide Parteien kalt auf der Bahre liegen."

„Und Du und ich, Cincolo?"

„Sind zwei alte Narren und werden mehr Frieden unter der Erde als darüber finden. Ausgesprochene Gülfin, die Du bist, heiratete dich ich, bevor ich ein Ghibelline war; also muss ich jetzt von demselben Teller mit dem Feind Manfreds essen und mache Schuhe für Guelfen, statt dem Glück von Corradino zu folgen und sie, meine Streitaxt in der Hand, fortzuschicken, ihre Schuhe in Bologna zu kaufen."

„Still! Ruhe! Guter Mann, rede nicht so laut von deiner Partei; hörest Du nicht, das jemand klopft?"

Cincolo ging, um die Tür zu öffnen, mit dem Gehabe eines Mannes, der es nicht gewohnt ist, bei einem Gespräch unterbrochen zu werden, und gewogen ist, böse auf den Eindringling zu sein, wie unschuldig er von jeder Absicht, in seine eloquente Beschwerde einzubrechen, auch sein könnte. Die Erscheinung seines Besuchers beruhigte seine entrüsteten Gefühle. Es war eine Jüngling, dessen Gesicht und Person zeigte, dass er nicht älter als sechzehn Jahre alt sein konnte, aber da war eine Selbstbeherrschung in seinem Benehmen und eine Würde in seiner Physiognomie, die einem fortgeschritteneren Alter gehörte. Seine Gestalt, obwohl nicht groß, war zierlich; und sein Gesicht, obwohl von wunderbarer Schönheit und regelmäßigen Zügen, war blass wie monumentaler Marmor; die dichten Locken seines kastanienbraunen Haars bündelten sich über seiner Stirn und rund um seine schöne Kehle; seine Mütze war weit auf seiner Stirn hinuntergezogen. Cincolo war im Begriff, ihn mit Ehrerbietung in sein bescheidenes Zimmer zu führen, aber der

Jüngling hielt ihn mit einer Hand zurück und stieß die Worte: *„Swabia, Cavalieri!"* aus; die Worte, an denen die Ghibellinen gewöhnlich einander erkannten. Er fuhr in einem leisen und hastigen Ton fort: „Ihre Frau ist drinnen?"

„Sie ist."

„Genug; obwohl ich ein Fremder für Sie bin, komme ich von einem alten Freund. Beherbergen Sie mich bis zum Einbruch der Nacht; wir gehen dann hinaus, und ich erkläre Ihnen die Motive meiner Störung. Nennen Sie mich Ricciardo de'Rossini aus Mailand, der nach Rom reist. Ich verlasse Florenz heute abend."

Nachdem er diese Worte gesagt hatte, ohne Cincolo Zeit zur Antwort zu geben, bedeutete er ihm, dass sie das Zimmer betreten sollten. Monna Gegia hatte ihre Augen auf die Tür von dem Moment an geheftet, als er sie mit einem Aussehen ungeduldiger Neugier geöffnet hatte; als sie den Jüngling eintreten sah, konnte sie es nicht unterlassen, auszurufen: *„Gesu Maria!"* So verschieden war er von irgendeinem, den sie zu sehen erwartet hatte.

„Ein Freund aus Mailand", sagte Cincolo.

„Eher aus Lucca", antwortete seine Ehefrau, auf ihren Besucher starrend. „Sie sind zweifellos einer der verbannten Männer, und Sie sind kühner als klug, diese Stadt zu betreten. Jedoch, wenn Sie kein Spion sind, sind Sie sicher bei mir."

Ricciardo lächelte und dankte ihr mit einer leisen, süßen Stimme. „Wenn Sie mich nicht hinauswerfen", sagte er, „werde ich unter Ihrem Dach beinahe die ganze Zeit verweilen, die ich in Florenz bleibe, und ich verlasse sie bald nach Abenddämmerung."

Gegia starrte wieder auf ihrem Gast, doch Cincolo musterte ihn mit nicht weniger Neugier. Sein schwarzer Tuchkittel reichte bis unterhalb seiner Knie und wurde von einem schwarzen Ledergürtel an der Taille zusammengehalten. Er hatte Hosen aus grobem scharlachrotem Stoff an, über die kurze Stiefel gezogen waren, solche wie jetzt nur auf der Bühne zu sehen sind. Ein Mantel aus dem Fell des gemeinen Fuchses, ungefüttert, hing von seiner Schulter. Aber, obwohl seine Kleidung so einfach war, war es eine, wie sie damals vom jungen florentinischen Hochadel getragen wurde. Zu dieser Zeit waren die Italiener einfach in ihren privaten Gewohnheiten. Erst die französische Armee, von Karl von Anjou nach Italien geführt, führte Luxus in die Paläste der Cisalpinen[21] ein. Manfred war ein ausgezeichneter Prinz, aber es war sein heiliger Rivale, der der Urheber dieser unbedeutenden Torheiten an Kleidung und Schmuck war, der eine Nation degradiert und ein sicherer Vorbote ihres Niedergangs ist. Aber zu Ricciardo - sein Gesicht hatte die ganze Regelmäßigkeit eines griechischen Kopfes; und seine blauen Augen, beschirmt von sehr langen, dunklen Wimpern, waren weich, doch voller Ausdruck. Als er aufsah, entschleierten die schweren Lider sozusagen das sanfte Licht darunter und schlossen sich dann wieder über ihnen, wie um das abzuschirmen, was zu glänzend war, um es zu erblicken. Seine Lippen drückten die tiefste Empfindsamkeit aus, und vielleicht etwas Scheu, wenn das gelassene Selbstvertrauen seiner Haltung nicht solch einen Gedanken verboten hätte. Seine Erscheinung war außergewöhnlich, denn er war jung und von Gestalt zart, während die Entschlossenheit seiner Art das Gefühl des Mitleids daran hinderte, sich im Verstand des Zuschauers zu erheben. Man könnte ihn lieben, aber er war erhaben sich über Mitleid.

---

[21] Lat.: Diesseits der Alpen. *Gallia Cisalpina* war in der Römerzeit die Bezeichnung für die oberitalienische Provinz.

Sein Gastgeber und seine Gastgeberin waren zuerst still; aber er stellte einige natürliche Fragen über die Gebäude ihrer Stadt, und führte sie nach und nach in ein Gespräch. Als es Mittag schlug, schaute Cincolo in Richtung des Topfes mit der *minestra* und Ricciardo, der seinem Blick folgte, fragte, ob das nicht das Abendessen wäre.

„Sie müssen mich unterhalten", sagte er, „denn ich habe heute nicht gegessen."

Ein Tisch wurde an das Fenster gezogen, die *minestra* in einen Teller gefüllt, der in die Mitte gestellt wurde. Jeder bekam einen Löffel und einen Krug Wein, gefüllt aus einem Fass. Ricciardo sah die zwei alten Leute an und schien ein wenig zu lächeln bei der Vorstellung, mit ihnen von demselben Teller zu essen; er aß jedoch, wenn auch sparsam, und trank vom Wein, wenn auch mit noch größerer Mäßigung. Cincolo jedoch, unter dem Vorwand, seinen Gast zu bedienen, füllte seinen Krug ein zweites Mal und war im Begriff, sich für das dritte Maß zu erheben, als Ricciardo seine kleine weiße Hand auf seinen Arm legte und sagte: „Sind Sie Deutscher, mein Freund, dass Sie nicht aufhören, nach so vielen Zügen? Ich habe gehört, dass Ihr Florentiner ein nüchternes Volk wärt."

Cincolo war nicht sehr erfreut über diesen Verweis; aber er fühlte, dass es rechtzeitig war; so gab er ihm in diesem Punkt nach und setzte sich wieder. Ein wenig erhitzt von dem, was er schon getrunken hatte, fragte er seinen Gast nach den Nachrichten aus Deutschland, und welche Hoffnungen für die gute Sache bestünden. Monna Gegia wehrte sich entrüstet gegen diese Worte, und Ricciardo antwortete: „Viele Berichte sind im Umlauf, und große Hoffnungen werden in den Erfolg unserer Expedition gesetzt, besonders im Norden von Italien. Corradino ist in Genua angekommen und man hofft, da die

Reihen seiner Armee sehr durch die Fahnenflucht seiner deutschen Truppen ausgedünnt wurden, dass sie schnell durch Italiener aufgefüllt werden, tapferer und wahrhaftiger als jene Ausländer, die, Fremde auf unserer Erde, nicht mit unserer Inbrunst für seine Sache kämpfen können."

„Und wie trägt er es selbst?"

„Wie es sich geziemt für einen aus dem Hause Schwaben und den Neffen Manfreds. Er ist unerfahren und jung, sogar kindlich. Er ist nicht älter als sechzehn Jahre. Seine Mutter wollte kaum in diese Expedition einwilligen, sondern weinte vor Qual aus Furcht vor allem, was er erdulden könnte. Denn er ist in einem Palast aufgewachsen, mit jedem Luxus gepflegt, gewöhnt an die schmeichelhaften Aufmerksamkeiten von Höflingen und die zärtliche Pflege einer Frau, die, obwohl sie eine Prinzessin ist, ihn mit der ängstlichen Besorgtheit einer Hüttenbewohnerin für ihren Säugling bemuttert hatte. Aber Corradino ist von gutem Herzen; fromm, aber mutig; seinen klügeren Freunden gegenüber gehorsam, sanft zu seinen Untergebenen, aber von edler Seele. Der Geist von Manfred scheint seinen sich entfaltenden Verstand zu beleben; und bestimmt, wenn dieser glorreiche Prinz die Belohnung seiner unvergleichlichen Tugenden jetzt genießt, sieht er mit Freude und Billigung auf den hinab, der dazu bestimmt ist, ich vertraue darauf, seinen Thron auszufüllen."

Der Enthusiasmus, mit dem Ricciardo sprach, überzog seine blasses Gesicht mit einer leichten Röte, während seine Augen im Glanz des Taus schwammen, der sie füllte. Monna Gegia war mit seiner Tirade wenig zufrieden, aber die Neugier hielt sie still, während ihr Mann fortfuhr, seinen Gast zu befragen.

„Sie scheinen gut mit Corradino vertraut zu sein?"

„Ich sah ihn in Mailand und war dort eng mit seinem vertrautesten Freund verbunden. Wie ich gesagt habe, ist er in Genua angekommen und ist jetzt vielleicht schon in Pisa gelandet. Wird er viele Freunde finden in dieser Stadt?"

„Jeder Mann dort wird sein Freund sein. Aber während seiner Reise nach Süden muss er mit unserer florentinischen Armee kämpfen, die von den Marschällen des Usurpators Karl befehligt und von seinen Truppen unterstützt wird. Karl selbst hat uns verlassen und ist nach Neapel geeilt, um sich auf diesen Krieg vorzubereiten. Aber er wird dort als Tyrann und Räuber verabscheut, und Corradino wird im *Regno* als Erretter empfangen werden. Wenn er die Hindernisse überwindet, die seinem Einzug entgegenstehen, habe ich keinen Zweifel an seinem Erfolg und vertraue darauf, dass er innerhalb eines Monats in Rom gekrönt wird, und die Woche darauf auf dem Thron seiner Vorfahren in Neapel sitzt."

„Und wer soll ihn krönen?" rief Gegia, außerstande, länger an sich zu halten. „In Italien gibt es keinen Ketzer, der niedrig genug wäre für solch eine Tat, es sei denn, es ist ein Jude; oder er sendet nach Konstantinopel für ein Griechen oder nach Ägypten für einen Mohammedaner. Verflucht soll die Rasse der Friedriche sein, für immer! Dreimal verflucht der, der verwandt ist mit diesem Bösewicht Manfred! Und Sie, junger Mann, stellen mich wenig zufrieden, wenn Sie solche Reden führen in meinem Haus."

Cincolo sah Ricciardo an, als ob er fürchtete, ein so heftiger Verfechter für das Haus von Schwaben würde durch den Angriff seiner Frau verärgert sein; aber er schaute auf die alte Frau mit einem Blick der heitersten Güte; auch keine Verachtung war mit dem sanften Lächeln vermischt, das seine Lippen umspielte.

„Ich beherrsche mich", sagte er. Dann wandte er sich Cincolo zu und unterhielt sich über allgemeinere Themen und beschrieb die verschiedenen Städte Italiens, die er besucht hatte. Er erörterte ihre Arten der Regierung und berichtete Anekdoten über ihre Einwohner. Seine Äußerungen zeugten von einer solchen Erfahrung, die, stellte man sie seiner jugendlichen Erscheinung gegenüber, Cincolo sehr beeindruckte, der auf einmal auf ihn mit Bewunderung und Achtung schaute. Der Abend brach an. Der Klang der Glocken legte sich, nachdem das *Ave Maria* zu läuten aufgehört hatte; aber der entfernte Klang von Musik wurde von der Nachtluft zu ihnen geweht, und ihr schneller Takt zeigte an, dass die Musik gerade begonnen hatte. Ricciardo war im Begriff, Cincolo anzusprechen, als ihn ein Klopfen am Tor unterbrach. Es war Buzeccha, der Sarazene, ein berühmter Schachspieler, der gewöhnlich unter den Kolonnaden des Duomo paradierte und die jungen Edelmänner herausforderte zu spielen. Viel Wert wurde auf diese Spiele gelegt, und Gewinn und Verlust wurden manchmal Gespräch in Florenz. Buzeccha war ein großer, unbeholfener Mann mit all dieser gutmütigen Folge des Verhaltens, welches der Ruhm, den er durch seine Tüchtigkeit in einer so unbedeutenden Wissenschaft erworben hatte, und die Vertrautheit, mit der ihm erlaubt wurde, jene zu behandeln, die ihm in Rang überlegen waren und die erfreut waren, ihre Kräfte mit ihm zu messen, wohl verleihen kann.

Er begann mit: „Eh, Messere!" Als er Ricciardo wahrnahm, rief er: „Wen haben wir hier?"

„Ein Freund von guten Menschen", antwortete Ricciardo lächelnd.

„Dann bei Mohammed, bist Du mein Freund, mein Bürschchen."

„Du wirst ein Sarazene sein, bei deiner Rede?" sagte Ricciardo.

„Und durch die Hilfe des Propheten, so bin ich es. Einer, der in Manfreds Zeit - aber nichts mehr davon. Wir reden nicht von Manfred, eh, Monna Gegia? Ich bin Buzeccha, der Schachspieler, zu Ihren Diensten, Messer lo Forestiere."[22]

Die Einführung war auf diese Art gemacht, und sie begannen, vom Umzug des Tages zu reden. Nach einer Weile führte Buzeccha sein bevorzugtes Thema ein, das Schachspielen; er zählte einige wunderbar gute Züge auf, die er gemacht hatte und berichtete Ricciardo, wie er vor dem *Palagio del Popolo* in der Gegenwart von Graf Guido Novelbo de'Giudi, nun *Vicare* der Stadt, eine Stunde lang auf drei Schachbrettern gegen drei der besten Schachspieler von Florenz gespielt hatte, zwei aus dem Gedächtnis und eins auf Sicht gespielt; und von drei Spielen hatte er zwei gewonnen. Dieser Bericht wurde mit dem Vorschlag beendet, mit seinem Gastgeber zu spielen.

„Du bist ein nüchterner Mensch, Cincolo, und kannst besser spielen als die Edelmänner. Ich würde beschwören, Du denkest beim Schach nur so, wie Du deine Schuhe flickest; jedes Loch von deiner Ahle ist ein Feld auf dem Brett, jeder Stich eine Bewegung, und ein fertiges Paar, schon bezahlt, Schachmatt für deinen Widersacher. Eh! Cincolo? Hole das Feld des Kampfes heraus, Mann."

Ricciardo wandte ein: „Ich verlasse Florenz in zwei Stunden, und, bevor ich gehe, versprach Messer Cincolo, mich zur *Piazza del Duomo* zu führen."

„Eine Menge Zeit, guter Jüngling", rief Buzeccha und stellte seine Figuren auf. „Ich fordere nur ein Spiel und meine

---

[22] Ital.: Herr Fremdling

Partien dauern nie länger als eine Viertelstunde; und dann begleiten wir beide dich, und Du wirst einen Tanzschritt wagen bei dem Handel mit einer schwarzäugigen *Houri*,[23] alle Nazarenerinnen, wie Du einer bist. So geh aus meinem Licht, guter Jüngling, und schließe das Fenster. Achte darauf, dass die Fackel nicht so flackert."

Ricciardo schien durch den entschiedenen Ton des Schachspielers amüsiert; er schloss das Fenster und stutzte die Fackel, die an der Wand klemmte. Es war das einzige Licht, das sie hatten. Er stand bei dem Tisch und überblickte das Spiel. Monna Gegia hatte den Topf vom Abendessen zurückgestellt und ein wenig unbehaglich dagesessen, als ob sie unzufrieden wäre, dass ihr Gast nicht mit ihr redete. Cincolo und Buzeccha waren in ihre Partie vertieft, als ein Klopfen an der Tür zu hören war. Cincolo war im Begriff, sich zu erheben und sie zu öffnen, aber Ricciardo sagte: „Lasst euch nicht stören", und öffnete sie selbst, mit der Art von jemandem, der demütige Pflichten so tut, als ob sie ihn adeln, so dass keine Tätigkeit für ihn demütiger sein kann als eine andere.

Der Besucher wurde von Gegia allein begrüßt mit: „Ach! Messer Beppe, das ist freundlich von Euch, in der Nacht des Ersten Mais."

Ricciardo schaute kurz auf ihn und nahm dann seine Stellung bei den Spielern wieder ein. Es war wenig an Messer Beppe, um einen günstigen Anblick zu bieten. Er war klein, dünn und vertrocknet; sein Gesicht langgezogen und zerfurcht; seine Augen tief liegend und missmutig; seine Lippen gerade, seine Nase gebogen, und sein Kopf von einer

---

[23] Houri, von arab. *hûr* (großäugig); moslemische Vorstellung von jungfräulichen Gattinnen im Paradies (Koran, Sure 56).

enganliegenden Kappe bedeckt, sein Haar rundherum kurzgeschnitten. Er setzte sich nahe Gegia und begann, mit einer quengelnden, unterwürfigen Stimme zu sprechen. Er gratulierte ihr zu ihrem guten Aussehen, ließ sich mit Lob über die Großartigkeit von bestimmten guelfischen Florentinern aus, und schloss mit der Erklärung, dass er hungrig und müde war.

„Hungrig, Beppe?" sagte Gegia. „Das hätte Ihr erstes Wort sein sollen, Freund. Cincolo, willst Du deinem Gast zu essen geben? Cincolo, bist Du taub? Bist Du blind? Hörst Du nicht? Willst Du nicht sehen? Hier ist Messer Giuseppe de'Bosticchi."

Cincolo, seine Augen immer noch auf das Brett gerichtet, war im Begriff, sich langsam zu erheben. Aber der Name des Besuchers schien eine magische Wirkung auf Ricciardo zu haben.

„Bosticchi!" rief er. „Giuseppe Bosticchi! Ich erwartete nicht, diesen Mann unten deinem Dach zu finden, Cincolo, wenn deine Frau auch Guelfin ist - denn auch sie hat vom Brot der Elisei gegessen. Lebwohl! Du wirst mich auf der Straße unten finden; folge mir rasch."

Er war im Begriff zu gehen, aber Bosticchi stellte sich vor die Tür und sagte in einem Tonfall, in dessen Quengeln sich gleichermaßen Wut und Unterwürfigkeit ausdrückten: „Womit habe ich diesen jungen Herrn gekränkt? Sagt er mir mein Vergehen nicht?"

„Wagen Sie es nicht, sich mir in den Weg zu stellen", schrie Ricciardo, der seine Hand vor seinen Augen brachte, „und zwingen Sie mich nicht, Sie wieder anzuschauen - fort!"

Cincolo hielt ihn an. „Sie sind zu vorschnell und viel zu leidenschaftlich, mein edler Gast", sagte er. „Wie immer dieser Mann Sie gekränkt haben mag, Sie sind zu gewalttätig."

„Gewalttätig!" schrie Ricciardo, fast erstickt von leidenschaftlichen Gefühlen. „Ja, ziehe dein Messer und zeige das Blut von Arrigo dei Elisei, mit dem es noch befleckt ist."

Eine Totenstille folgte. Bosticchi schlich aus dem Zimmer heraus. Ricciardo versteckte sein Gesicht in seinen Händen und weinte. Aber er beruhigte seine Leidenschaft bald und sagte: „Dies ist wirklich kindisch. Verzeiht mir; dieser Mann ist weg; entschuldigt und vergesst meine Heftigkeit. Nimm dein Spiel wieder auf, Cincolo, aber beende es schnell, denn die Zeit holt uns ein - hört! Eine Stunde der Nacht klingt vom Kampanile."

„Das Spiel ist schon beendet", sagte Buzeccha traurig. „Dein Mantel brachte das beste Schachmatt zu Fall, das dieser Kopf jemals plante - so verzeihe dir Gott!"

„Schachmatt!" schrie der entrüstete Cincolo. „Schachmatt! Und meine Königin, die dich niedermäht, in Reih und Glied!"

„Lass uns gehen", rief Ricciardo aus. „Messer Buzeccha, spielen Sie Ihre Partie mit Monna Gegia zuende. Cincolo wird lange vorher zurück sein."

So nahm er seinen Gastgeber am Arm, zog ihn aus dem Zimmer heraus und ging die engen hohen Stufen mit den Bewegungen von jemandem hinunter, dem jene Stufen nicht unbekannt waren.

Als sie auf der Straße waren, verlangsamte er seinen Schritt und schaute erst rundherum, um sich zu versichern, dass keiner ihr Gespräch zufällig mit anhörte. Dann sprach er Cincolo an: „Verzeih mir, mein lieber Freund; ich bin voreilig, und der Anblick dieses Mannes brachte jeden Tropfen meines Blutes dazu, laut in meinen Venen zu weinen. Aber ich komme nicht hierher, um in privater Trauer oder

48

privater Rache zu schwelgen, und mein Plan allein sollte mich fesseln. Es ist notwendig, dass ich schnell und im geheimen Messer Guielmo Lostendardo, den neapolitanischen Kommandanten, sehe. Ich trage eine Nachricht für ihn bei mir von der Gräfin Elisabeth, der Mutter von Corradino, und ich habe die Hoffnung, dass ihre Bedeutung ihn dazu bringen kann, während des bevorstehenden Konflikts wenigstens eine neutrale Haltung einzunehmen. Ich habe dich gewählt, Cincolo, um mir dabei zu helfen, denn Du bist nicht nur von so geringer Bedeutung in deiner Stadt, dass Du für mich handeln kannst, ohne Beobachtung auf dich zu ziehen, sondern Du bist auch tapfer und wahrhaftig, und ich kann deiner bekannten Ehrenhaftigkeit vertrauen. Lostendardo befindet sich im *Palagio del Governo*; wenn ich durch seine Türen trete, bin ich in den Händen meiner Feinde, und seine Verliese allein mögen das Geheimnis meines Schicksals kennen. Ich hoffe bessere Dinge. Aber, wenn ich nach zwei Stunden nicht erscheine oder dich von meinem Wohl hören lasse, trage dieses Päckchen zu Corradino in Pisa. Du erfährst dann, wer ich bin, und, wenn Du irgendeine Entrüstung über mein Schicksal fühlst, lass dich durch dieses Gefühl noch stärker mit der Sache verbinden, für die ich lebe und sterbe."

Während Ricciardo sprach, ging er immer noch weiter; und Cincolo bemerkte, dass er seine Schritte ohne seine Führung auf den *Palagio del Governo* richtete.

„Ich verstehe das nicht", sagte der alte Mann. „Durch welches Argument, es sei denn, Sie bringen eines aus der anderen Welt, hoffen Sie, Messer Guielmo dazu zu bringen, Corradino zu helfen? Er ist ein so erbitterter Feind Manfreds, dass er, obwohl dieser Prinz tot ist, wenn er seinen Namen erwähnt, in die Luft greift, als ob da ein Dolch wäre. Ich habe ihn mit fürchterlichen Verwünschungen das ganze Haus von Schwaben verfluchen gehört."

Ein Zittern schüttelte die Gestalt von Ricciardo, aber er antwortete: „Lostendardo war einmal die festeste Unterstützung dieses Hauses und der Freund von Manfred. Seltsame Umstände gaben diesem unnatürlichen Hass Geburt in seinem Verstand, und er wurde ein Verräter. Aber vielleicht, nun da Manfred im Paradies ist, könnten die Jugend, die Tugenden und die Unerfahrenheit von Corradino in ihm großzügigere Gefühlen erwecken und sein altes Vertrauen wieder aufleben lassen. Wenigstens muss ich diese letzte Prüfung versuchen. Diese Sache ist zu heilig, zu geweiht, um gewöhnliche Formen der Überlegung oder Tat zuzulassen. Der Neffe Manfreds muss auf dem Thron seiner Vorfahren sitzen; und um das zu erreichen, erdulde ich, was ich erdulden muss."

Sie betraten den Palast der Regierung. Messer Guielmo war bei einem Gelage in der großen Halle.

„Trage diesen Ring zu ihm, guter Cincolo, und sage, dass ich warte. Sei schnell, damit mein Mut, meine Leben, mich im Moment der Prüfung nicht verlassen."

Cincolo, der einmal mehr einen neugierigen Blick auf seinem außergewöhnlichen Begleiter warf, gehorchte seinen Befehlen, während der Jüngling gegen eine der Säulen des Hofes lehnte und seine Augen leidenschaftlich zum klaren Firmament hinaufrichtete.

„Oh, Ihr Sterne!" rief er mit erstickter Stimme. „Ihr seid ewig; lasst meine Absicht, meinen Willen so konstant wie Ihr sein!"

Dann, ruhiger, verschränkte er seine Arme in seinem Mantel und in starkem innerem Kampf bemühte er sich, seine Gefühle zu unterdrücken. Mehrere Diener näherten sich ihm und geboten ihm, ihnen zu folgen. Wieder sah er in den Himmel an und sagte: „Manfred." Dann ging er mit langsamen, aber festen Schritten weiter. Sie führten ihn durch mehrere Hallen und Korridore in einen großen Raum, der mit Tapisserie behangen und von zahlreichen Fackeln wohlerleuchtet war; der Marmor des Bodens spiegelte ihren Glanz wieder und das gewölbte Dach warf die Schritte von jemandem zurück, der in dem Raum auf und ab schritt, als Ricciardo eintrat. Es war Lostendardo. Er machte ein Zeichen, dass die Diener sich zurückziehen sollten; die schwere Tür schloss sich hinter ihnen, und Ricciardo war mit Messer Guielmo allein. Seine Miene war blass, aber gelassen, seine Augen niedergeschlagen, wie in Erwartung, nicht in Furcht; und nur an den konvulsiven Bewegungen seiner Lippen hätte man erkennen können, dass jede Vernunft durch intensive Erregung fast ausgesetzt war.

Lostendardo näherte sich. Er war ein Mann in der Mitte des Lebens, groß und athletisch; er schien mit einer einzelnen Bewegung fähig, das zerbrechliche Wesen von Ricciardo zu erdrücken. Jedes Merkmal seines Gesichtes sprach vom Kampf der Leidenschaften und dem schrecklichen Egoismus von jemandem, der sogar sich selbst der Durchsetzung seines Willens opfern würde. Seine schwarzen Augenbrauen waren gesträubt, seine grauen Augen tiefliegend und missmutig, sein Blick gleichzeitig streng und abgespannt. Nie schien ein Lächeln die beständige Verachtung gestört zu haben, die seine Lippen ausdrückten; seine hohe Stirn, die schon kahl wurde, war von tausend widersprüchlichen Falten gezeichnet. Seine Stimme war bewusst verhalten, als er sagte: „Warum bringen Sie mir diesen Ring?"

Ricciardo schaute auf und begegnete seinem Auge, welches feurig schaute, als er ausrief: „Despina!"

Er ergriff ihre Hand mit dem Griff eines Riesen.

„Ich habe gebetet dafür, Nacht und Tag, und jetzt bist Du hier! Nein, kämpfe nicht; Du bist mein; Denn bei meiner Erlösung schwöre ich, das Du mir nie wieder entkommen sollst."

Despina antwortete ruhig: „Du magst wohl glauben, dass, wenn ich mich auf diese Weise in deine Gewalt begebe, ich keine Verletzung fürchte, die Du mir zufügen kannst - oder ich wäre nicht hier. Ich fürchte dich nicht, denn ich fürchte den Tod nicht. Lockere denn deinen Griff und höre mir zu. Ich komme im Namen jener Tugenden, die einmal deine waren; Ich komme im Namen allen edlen Gefühls, Großzügigkeit und alten Vertrauens; und ich hoffe, dass, wenn Du mir zuhörst, deine heldenhafte Natur meine Stimme unterstützt, und das Lostendardo nicht mehr zu jenen zählt, die die Guten und Großen nie nennen, außer um sie zu verdammen."

Lostendardo schien sich wenig darum zu kümmern, was sie sagte. Er starrte auf sie mit Triumph und bösartigem Stolz; und, wenn er sie immer noch hielt, schien sein Beweggrund eher die Freude, die er beim Zeigen seiner Macht über sie fühlte, als irgendeine Furcht, dass sie entkommen würde. Man konnte an ihren blassen Wangen und ihren gläsernen Augen ablesen, das, wenn sie etwas fürchtete, es sie selbst allein war, der sie misstraute. Ihr Plan erhob sie über sterbliche Furcht, und sie war so gelassen wie der Marmor, dem sie bei jedem Ereignis ähnelte, das nicht den Gegenstand entweder förderte oder schadete, wegen dem sie kam. Sie waren beide still, bis Lostendardo sie zu einem Sitzplatz führte, und dann, ihr gegenüberstehend, seine Arme verschränkt, jeder Gesichtszug von Triumph geweitet und mit einer vor Erregung scharfen Stimme, sagte er: „Nun, sprich! Was willst Du von mir?"

„Ich komme, dich zu bitten, wenn Du nicht dazu gebracht werden kannst, Prinz Corradino im gegenwärtigen Kampf zu helfen, dass Du wenigstens neutral bist und nicht gegen seinen Vormarsch zum Königreich seiner Vorfahren stehst."

Lostendardo lachte. Das gewölbte Dach wiederholte das Geräusch, aber das strenge Echo, obwohl es dem scharfen Schrei eines Tieres auf seiner Beute ähnelte, dessen Pfote auf dem Herzen seines Feindes ist, war nicht so disharmonisch und unmenschlich wie das Lachen selbst.

„Wie", fragte er, „gibst Du vor, mich dazu zu bringen dem zu entsprechen? Dieser Dolch", und er berührte das Heft von dem, der in seinem Gewand halb verborgen war, „ist noch vom Blut von Manfred befleckt; nicht lange, und das Herzen dieses törichten Jungen wird seine Scheide sein."

Despina besiegte das Gefühl des Entsetzens, das diese Worte erweckten, und antwortete: „Gibst Du mir einige Minuten geduldigen Zuhörens?"

„Ich gebe dir einige Minuten des Zuhörens, und wenn ich nicht so geduldig wie im Palagio Reale bin, muss die schöne Despina mich entschuldigen. Nachsicht ist keine Tugend, nach der ich strebe."

„Ja, es war im Palagio Reale in Neapel, dem Palast von Manfred, dass Du mich zuerst sahst. Du warst damals der Busenfreund Manfreds, von diesem auserwählten Exemplar der Menschheit als sein Vertrauter und Berater erwählt. Warum wurdest Du ein Verräter? Scheue nicht dieses Wort. Wenn Du die vereinte Stimme Italiens und sogar von jenen hören könntest, die sich deine Freunde nennen, würden sie diesen Namen wiederholen. Warum erniedrigst und enttäuschtst Du dich auf diese Art? Du nennst mich als Grund, doch ich bin am unschuldigsten. Du sahst mich am Hof deines Meisters, eine Dienerin von Königin Sibilla, und jemand, der unbekannt für sie war, war schon ein Bestandteil ihres Herzens, ihrer Seele, ihres Willens, ihres ganzen Wesens, ein ungewolltes Opfer am Schrein von allem, was edel und göttlich in der menschlichen Natur ist. Mein Geist verehrte Manfred als einen Heiligen und mein Puls hörte auf zu schlagen, wenn sein Auge auf mir fiel. Ich fühlte dies, aber ich wusste es nicht. Du wecktest mich aus meinem Traum. Du sagtest, dass Du mich liebst, und Du hast dich in einem zu getreuen Spiegel meiner eigenen Gefühle wiederspiegelt. Ich sah mich und schauderte. Aber die tief greifende und ewige Natur meiner Leidenschaft rettete mich. Ich liebte Manfred. Ich liebte die Sonne, weil sie ihn erleuchtete; ich liebte die Luft, die ihn ernährte; ich vergötterte mich selbst dafür, dass mein Herz der Tempel war, in dem er wohnte. Ich widmete mich Sibilla, denn sie war seine Frau, und nichts in Gedanke oder Traum beeinträchtigte die Reinheit meiner Zuneigung zu ihm. Dafür hast Du ihn gehasst. Er wusste nicht von meine Leidenschaft. Mein Herz bewahrte sie als einen Schatz, den Du entdeckt hast und kamst, ihn zu plündern. Du konntest mich leichter um das Leben, als um meine Hingabe für deinen König bringen, und deshalb wurdest Du zum Verräter.

Manfred starb, und Du dachtest, dass ich ihn dann vergessen würde. Aber Liebe wäre wirklich ein Spott, wenn der Tod nicht der unverhülltester Betrüger wäre. Wie kann er sterben, der unsterblich in meinen Gedanken ist - meine Gedanken, die das Universum erfassen und Ewigkeit in ihrem Griff enthalten? Obwohl sein irdisches Gewand wie ein verachtetes Unkraut neben das Grün geworfen wurde, lebt er in meiner Seele als schön, als edel, als vollständig, als wenn sein Stimme die stumme Luft erweckt. Nein, sein Leben ist vollständiger, wahrhaftiger. Denn zuvor war dieser kleine Schrein, der seinen Geist einschloss, alles, was von ihm existierte; aber jetzt ist er ein Teil aller Dinge; sein Geist umgibt mich, durchdringt mich; und ich, die ich während seines Lebens von ihm getrennt war, bin durch seinen Tod für immer mit ihm vereint."

Die Miene von Lostendardo verdunkelte sich furchtbar.

Als sie innehielt, sah er schwarz aus, wie das Meer, bevor die schwer geladenen Gewitterwolken, die es überwölben, sich in Regen entladen. Der Sturm der Leidenschaft, der sich in seinem Herzen erhob, schien zu stark, um eine schnelle Manifestation zuzulassen; er kam langsam auf, aus den tiefsten Tiefen seiner Seele, und Gefühl wurde auf Gefühl gestapelt, bevor der Blitz seines Ärgers an sein Ziel sauste.

„Deine Argumente, wortgewandte Despina", sagte er, „sind wirklich unwiderlegbar. Du arbeitest gut für deinen Zweck. Corradino ist, höre ich, in Pisa. Du hast meinen Dolch geschärft; und bevor die Luft einer weiteren Nacht es rosten lässt, mag ich durch Taten deine beleidigende Worte zurückgezahlt haben."

„Wie sehr verkennst Du mich! Und ist Lob und Liebe aller heldenhaften Vorzüge beleidigend für dich? Lostendardo, als Du mich kennen lerntest, war ich ein unerfahrenes Mädchen. Ich liebte, aber wusste nicht was Liebe war, und, um meine Leidenschaft in engen Grenzen zu umschreiben, ich liebte das Wesen von Manfred, wie ich ein Bildnis von Stein lieben könnte, welches, wenn es zerbrochen ist, nicht länger existiert. Ich habe mich jetzt sehr verändert. Ich mag dich zuvor mit Verachtung oder Ärger behandelt haben, aber jetzt sind diese niedrigen Gefühle in meinem Herzen erloschen. Ich bin erregt, aber durch ein Gefühl - ein Ziel für ein anderes Leben, einen anderen Zustand des Seins. All die Guten verlassen diese seltsame Erde; und ich zweifle nicht daran, dass, wenn ich ausreichend erhaben über menschliche

Schwächen bin, es auch meine Sache sein wird, diese Szene des Jammers zu verlassen. Ich bereite mich allein für diesen Moment vor; und beim Bemühen darum, mich für eine Vereinigung einzusetzen mit all den Tapferen, Großmütigen und Weisen, die die Menschheit einmal schmückten, und jetzt von ihr gegangen sind, weihe ich mich dem Dienst an dieser rechtschaffensten Sache. Du behandelst mich deshalb ungerecht, wenn Du denkst, dass es etwas von Verachtung in dem gibt, was ich sage, oder dass erniedrigende Gefühle mit meiner Hingabe des Geistes vermischt sind, wenn ich komme, und mich freiwillig in deine Gewalt begebe. Du kannst mich für immer in den Verliesen dieses Palastes als eine zurückgekehrte Ghibellinin und Spionin gefangen halten und mich als Verbrecherin hinrichten lassen. Aber bevor Du das tust, halte inne um deinetwillen; denke über die Wahl von Herrlichkeit oder Schande nach, die Du jetzt im Begriff zu treffen bist. Lass deine alten Gefühle von Liebe zum Haus von Schwaben einen Umschwung in deinem Herzen herbeiführen. Überlege; wie Du jetzt der verachtete Feind bist, so kannst Du der erwählte Freund seines letzten Nachkommen werden, und von jedem Herzen das Lob darüber empfangen, Corradino in die Ehren und Macht wiederhergestellt zu haben, für die er geboren ist.

Vergleiche diesen Prinzen mit dem heuchlerischen, blutigen und gewöhnlichen Karl. Als Manfred starb, ging ich nach Deutschland und habe am Hof der Gräfin Elisabeth gelebt. Ich bin deshalb eine ständige Zeugin der großen und guten Qualitäten von Corradino gewesen. Der Mut seines Geistes bringt ihn dazu, sich über die Schwäche von Jugend und Unerfahrenheit zu erheben. Er besitzt den ganzen Adel des Geistes, den die Familie von Schwaben besitzt, und außerdem eine Reinheit und Sanftheit, die die Achtung und Liebe der alten und argwöhnischen Höflinge von Friedrich und Konrad anzieht. Du bist tapfer und würdest großmütig sein, würde nicht die Wut deiner Leidenschaften, gleich einem verzehrenden Feuer, in ihrer Gewalttätigkeit jedes großzügige Gefühl zerstören. Wie kannst Du dann das Werkzeug Karls werden? Seine missmutigen Augen und höhnische Lippen kündigen vom Egoismus seines Verstandes. Habgier, Grausamkeit, Schäbigkeit und List, armselig sind die Qualitäten, die ihn auszeichnen und ihn der Majestät, die er usurpiert hat, unwürdig machen. Lass ihn in die Provence zurückkehren und mit Despotie über die luxuriösen und unterwürfigen Franzosen herrschen; die freien Italiener benötigen einen anderen Herrn. Sie sind nicht geeignet, um sich einem zu beugen, dessen Palast das Wechselhaus von Geldverleihern ist, dessen Generäle Wucherer sind, dessen Höflinge Hutmacher oder Mönche sind, und der niederträchtig Loyalität gegenüber dem Feind der Freiheit und Tugend gelobt, Klemens, dem Mörder Manfreds. Ihr König sollte, wie sie, in der Rüstung der Tapferkeit und Einfachheit gekleidet sein; sein Schmuck sein Schild und Speer; sein Schatz der Besitz seiner Untertanen; seine Armee ihre unerschütterliche Liebe. Karl behandelt dich als Werkzeug; Corradino als einen Freund - Karl macht dich zum verabscheuten Tyrannen einer stöhnenden Provinz; Corradino zum Gouverneur eines wohlhabenden und glücklichen Volkes.

Ich kann durch dein Verhalten nicht sagen, ob, was ich gesagt habe, in irgendeiner Weise deine Entschlossenheit ändert. Ich kann die Szenen nicht vergessen, die zwischen uns in Neapel vorgingen. Ich könnte damals verächtlich gewesen sein. Ich bin jetzt nicht so. Deine Verwünschungen gegen Manfred erregten ein ärgerliches Gefühl in meinem Verstand;

aber, wie ich gesagt habe, alles außer dem Gefühl der Liebe ist in meinem Herzen erloschen, als Manfred starb, und mich deucht, das, wo Liebe ist, Vorzüglichkeit ihr Begleiter sein muss. Du sagtest, dass Du mich liebst; und obwohl, in anderen Zeiten, da Liebe der Zwillingsbruder von Hass war - obwohl dann, armer Gefangener in deinem Herzen, Eifersucht, Wut, Verachtung und Grausamkeit ihre Zofen waren - doch, wenn es Liebe wäre, mich deucht, dass seine Göttlichkeit dein Herz von niedrigen Gefühlen gereinigt haben muss; und nun, da ich, die Braut des Todes, entfernt bin von deiner Sphäre, könnten sanftere Gefühle in deinem Busen erwachen, und Du könntest meiner Stimme milder geneigt sein.

Wenn Du mich wirklich liebtest, wirst Du jetzt nicht mein Freund sein? Sollten wir nicht Hand in Hand den Weg gehen? Kehre zu deinem alten Bekenntnis zurück; und, nun, da Tod und Religion ihr Siegel auf die Vergangenheit gesetzt haben, lasse Manfreds Geist, der auf uns hinuntersieht, seinen reuigen Freund erblicken, der feste Verbündete seines Nachfolgers, des besten und letzten Sprosses des Hauses von Schwaben."

Sie hörte auf; denn der Glanz des wilden Triumphs, der wie ein aufsteigendes Feuer zur Nachtzeit mit wachsenden und furchtbaren Strahlen das Gesicht von Lostendardo erleuchtete, ließ sie in ihrem Appell innehalten. Er antwortete nicht; aber als sie still war, verließ er die Haltung, in der er unbeweglich ihr gegenüber gestanden hatte, und durchschritt die Halle mit gemessenen Schritten, seinem Kopf geneigt; er schien über irgendein Vorhaben zu grübeln. Konnte es sein, dass er ihre Überlegungen abwog? Wenn er zögerte, würde die Seite der Großherzigkeit und alter Treue sicher vorherrschen. Doch wagte sie nicht, zu hoffen; ihr Herz schlug schnell; sie hätte gekniet, aber sie wagte nicht, sich zu bewegen, damit nicht irgendeine Bewegung seine Gedanken stören und den Fluss des guten Gefühls in ihm zügeln würde, von dem sie herzlich hoffte, dass es sich erhoben hatte. Sie sah hinauf und betete leise, so wie sie saß. Trotz des Glanzes der Fackeln kämpften sich die Strahlen eines kleinen Sterns durch die dunkle Fensterscheibe. Ihr Auge ruhte auf ihm, ihren Gedanken wurde sofort zu der Ewigkeit und dem Raum erhoben, die dieser Stern symbolisierte: er schien für sie der Geist von Manfred und sie verehrten ihn innerlich, als sie betete, dass er seinen gütigen Einfluss auf die Seele von Lostendardo ausgießen möge.

Einige Minuten vergingen in dieser furchtbaren Stille und dann näherte er sich ihr.

„Despina, erlaube mir, über deine Worte nachzudenken; morgen antworte ich dir. Du bleibst in diesem Palast bis zum Morgen, und dann sollst Du sehen und urteilen über meine Reue und zurückkehrendes Vertrauen."

Er sprach mit bewusster Sanftheit. Despina konnte sein Gesicht wegen der hinter ihm scheinenden Lichter nicht sehen. Als sie aufschaute, um zu antworten, funkelte der kleine Stern gerade über seinem Kopf und schien sie mit seinem sanften Glanz zu beruhigen. Unser Verstand, wenn er höchst gereizt ist, gibt sich sonderbarem Aberglauben hin, und Despina lebte in einem abergläubischen Zeitalter. Sie dachte, dass der Stern ihr gebot, zuzustimmen, und sie des Schutzes des Himmels versicherte - von wo sonst konnte sie ihn erwarten? Sie sagte deshalb: „Ich willige ein. Nur lass mich darum bitten, dass Du dem Mann, der dir meinen Ring gab, mitteilst, dass ich sicher bin, oder er fürchtet um mich."

„Ich werde tun, was Du wünschst."

„Und ich vertraue mich deiner Sorge an. Ich kann, wage nicht, dich zu fürchten. Wenn Du mich verraten würdest, vertraue ich immer noch auf die himmlischen Heiligen, die die Menschheit beschützen."

Ihr Gesicht war so ruhig, es strahlte mit so einer engelhaften Selbsthingabe und einem Glauben an das Gute, das Lostendardo nicht wagte, sie anzusehen. Für einen Moment - als sie, nachdem sie zu sprechen aufgehört hatte, auf den Stern starrte - fühlte er sich genötigt, sich zu ihren Füßen zu werfen, das diabolische Komplott zu gestehen, das er geschmiedet hatte, und sich mit Körper und Seele an ihre Führung zu binden, zu gehorchen, zu dienen, sie zu verehren. Der Impuls war flüchtig; das Gefühl der Rache kehrte zu ihm zurück. Von dem Moment an, als sie ihn zurückgewiesen hatte, hatte das Feuer der Wut in seinem Herzen gebrannt, und alles gesunde Gefühl, alles menschliche Mitleid und alle Sanftheit der Seele verschlungen. Er hatte geschworen, nie auf einem Bett zu schlafen oder irgendetwas außer Wasser zu trinken, bis sein erster Becher Wein mit dem Blut von Manfred vermischt wurde. Er hatte dieses Gelübde erfüllt. Eine seltsame Veränderung hatte in ihm von dem Moment an stattgefunden, als er diesen unheiligen Becher geleert hatte. Der Geist, nicht eines Menschen, sondern eines Teufels, schien in ihm zu leben und ihn zu Verbrechen zu drängen, von denen bisher allein seine lang aufrechterhaltene Hoffnung auf vollständigere Rache ihn abgeschreckt hatte. Aber Despina war jetzt in seiner Gewalt, und es schien ihm, als ob das Schicksal ihn nur so lang erhalten hätte, damit er jetzt seine volle Wut an ihr auslassen könnte. Als sie von Liebe sprach, dachte er, wie er daraus Schmerz ziehen könnte. Er hatte seinen Plan geformt; und diese leichte menschliche Schwäche siegte jetzt, er lenkte seine Gedanken zu seiner

Fertigstellung. Doch er fürchtete, mit ihr länger zusammenzubleiben; so verließ er sie, sagte, dass er Diener senden würde, die ihr einen Raum zeigen würden, wo sie ruhen könnte. Er verließ sie, und mehrere Stunden vergingen; aber niemand kam. Die Fackeln brannten tiefer und die Sterne des Himmels konnten jetzt mit funkelnden Strahlen ihr schwächeres Licht besiegen. Eine nach der anderen gingen diese Fackeln aus, und die Schatten der hohen Fenster der Halle wurden auf den Marmorfußboden geworfen, bevor sie unsichtbar wurden. Despina schaute auf den Schatten, zuerst unbewusst, bis sie sich zählend fand; eins, zwei, drei, die Formen der Eisenstangen, die so bedächtig auf dem Stein lagen.

„Jene Gitter sind dick", sagte sie. „Dieses Zimmer wäre ein großes, aber sicheres Verlies."

Wie durch Eingebung fühlte sie nun, dass sie eine Gefangene war. Keine Veränderung, kein Wort hatte eingegriffen, seit sie furchtlos in den Raum gegangen und geglaubt hatte, dass sie frei sei. Aber jetzt gab es keinen Zweifel an ihrer Situation in ihrem Verstand; schwere Ketten schienen um sie herum zu fallen; die Luft fühlte sich dick und schwer an, wie die eines Gefängnisses; und die Strahlen der Sterne, die sie zuvor aufgemuntert hatten, wurden die eintönigen Boten einer furchtbarer Gefahr für sie, und der vollkommenen Niederlage aller Hoffnungen, die sie gewagt hatte zu nähren, auf den Erfolg ihrer teuren Sache.

Cincolo wartete, erst mit Ungeduld und dann mit Sorge, auf die Rückkehr des jugendlichen Fremden. Er ging vor den Toren des Palastes auf und ab; Stunde um Stunde verging; die Sterne gingen auf und stiegen wieder ab, und Meteore schossen ab und zu den Himmel entlang. Sie waren nicht häufiger, als sie immer während einer klaren Sommernacht in

Italien sind; aber sie schienen Cincolo sonderbar zahlreich, und schicksalhaft von Veränderung und Unglück kündend. Mitternacht schlug und in diesem Moment kam eine Prozession von Mönchen vorbei, die eine Leiche trug und ein feierliches *De Profundis* sang. Cincolo fühlte einen kalten Schauder, der seine Glieder schüttelte, als er daran dachte, was für ein schlechtes Vorzeichen dies für den fremden Abenteurer war, den er zu diesem Palast geführt hatte. Die tristen Kutten der Priester, ihre hohlen Stimmen und die dunkle Bürde, die sie trugen, vergrößerten seine Erregung sogar zum Schrecken. Ohne sich seine Feigheit einzugestehen, war er besessen von der Furcht, in das böse Schicksal hineingezogen zu werden, welches seinen Begleiter offensichtlich erwartete. Cincolo war ein tapferer Mann; er war oft an vorderster Stelle bei einem gefährlichen Angriff gewesen; aber die Mutigsten unter uns fühlen, wie unsere Herzen manchmal vor der Furcht unbekannter und schicksalhafter Gefahr scheitern. Er wurde von Panik ergriffen; er blickte hinter den verschwindenden Lichtern der Prozession her und lauschte ihren schwindenden Stimmen. Seine Knie zitterten, kalter Schweiß stand auf seiner Stirn; bis er begann, außerstande, dem Impuls zu widerstehen, sich langsam sich vom Palast der Regierung zurückzuziehen und den Kreis der Gefahr zu verlassen, die ihn zu umgeben schien, wenn er an diesem Ort blieb.

Er hatte kaum seinen Posten am Tor des Palastes verlassen, als er sah, wie Lichter von ihm herkamen, die eine Gesellschaft von Männern begleiteten. Einige von ihnen waren bewaffnet wie es schien, durch die Spiegelung, die die Spitzen ihrer Lanzen warfen; und einige von ihnen trugen eine Sänfte, schwarz verhangen und zugezogen. Cincolo stand wie angewurzelt. Er konnte keinen Grund für seinen Glauben angeben, aber er war davon überzeugt, dass der fremde Jüngling dort im Begriff war, zum Tode hinausgeführt zu werden. Getrieben von Neugier und Sorge, folgte er der Gruppe, als sie in Richtung der Porta Romana zog. Sie wurde von den Wachen am Tor angehalten; sie gaben das Losungswort und gingen vorbei. Cincolo wagte nicht zu folgen, aber er wurde von Furcht und Mitleid erregt. Er erinnerte sich an das Päckchen, das seiner Sorge anvertraut war; er wagte nicht es aus seinem Busen zu ziehen, damit nicht irgendein Guelfe nahe sein könnte, um es zu erblicken und zu entdecken, dass es an Corradino gerichtet war; er konnte nicht lesen, aber er wünschte, das Wappen des Siegels anzusehen, um zu sehen, ob es die imperialen Hoheitszeichen trug. Er kehrte zum *Palagio del Governo* zurück. Alles dort war dunkel und still; er ging vor den Toren auf und ab und sah an den Fenstern hinauf, aber kein Zeichen von Leben erschien. Er konnte nicht sagen, warum er auf diese Art erregt wurde, aber er fühlte sich, als ob all sein zukünftiger Frieden vom Schicksal dieses fremden Jünglings abhing. Er dachte an Gegia, ihre Hilflosigkeit und ihr Alter; aber er konnte dem Impuls nicht widerstehen, der ihn bedrängte, und er beschloss, in dieser Nacht zu seiner Reise nach Pisa aufzubrechen, um das Päckchen abzuliefern, um zu erfahren, wer der Fremde war, und welche Hoffnungen er für seine Sicherheit empfangen könnte.

Er kehrte nach Hause zurück, damit er Gegia über seine Reise informieren konnte. Dies war eine schmerzhafte Aufgabe, aber er konnte sie nicht im Ungewissen lassen. Er stieg die engen Stufen ängstlich hinauf. An ihrem Ende funkelte eine Lampe vor einem Bild der Jungfrau. Abend für Abend brannte sie dort, beschützte durch ihren Einfluss seinen kleinen Haushalt vor allen irdischen oder übernatürlichen Gefahren. Ihr Anblick erfüllte ihn mit Mut; er sagte vor ihr ein *Ave Maria*; und dann, nachdem er sich umgeschaut hatte, um sich zu versichern, dass kein Spion auf dem engen Treppenabsatz stand, zog er das Päckchen aus seinem Busen und prüfte das Siegel. Alle Italiener in jenen Tagen waren mit der Wappenkunde vertraut, da sie anhand der Hoheitszeichen auf den Schilden der Ritter lernten, besser als von ihren Gesichtern oder Personen, zu welcher Familie und Partei sie gehörten. Aber es war kein großes Wissen nötig für Cincolo, um dieses Wappen zu entziffern; er hatte es von Kindheit an gekannt; es war jenes der Elisei, der Familie, der er sich als Partisan während all dieser Bürgerkriege angeschlossen hatte. Arrigo dei Elisei war sein Patron gewesen, und seine Frau hatte seine einzige Tochter behütet in jenen glücklichen Tagen, als es weder Guelfen noch Ghibellinen gab. Der Anblick dieses Wappens ließ all seine Sorge wieder aufleben. Konnte dieser Jüngling diesem Haus angehören? Das Siegel zeigte, das es so war; und diese Entdeckung bestätigte seine Bestimmung, jede Anstrengung zu unternehmen, ihn zu retten, und inspirierte ihn mit ausreichendem Mut, auf die Proteste und Ängste von Monna Gegia zu stoßen.

Er schloss die Tür auf; die alte Dame schlief in ihrem Stuhl, aber sie erwachte, als er eintrat. Sie hatte nur geschlafen, um ihre Neugier aufzufrischen, und sie stellte tausend Fragen in einem Atemzug, auf die Cincolo nicht antwortete. Er stand da mit verschränkten Armen, ins Feuer starrend, unschlüssig, wie man das Thema seiner Abreise anschneiden könnte.

Monna Gegia fuhr fort zu reden: „Nachdem Du gegangen bist, hielten wir eine Beratung ab, die den hitzköpfigen Jüngling von diesem Morgen betraf; ich, Buzeccha, Beppe de'Bosticchi, der zurückgekehrt war, und Monna Lisa vom

Mercato Nuovo. Wir stimmten alle darin überein, dass er eine von zwei Personen sein muss; und ob er der eine oder der andere ist, wenn er Florenz nicht verlassen hat, wird das *Stinchi*[24] seine Wohnstätte bei Sonnenaufgang sein. Eh! Cincolo, Mann! Du sprichst nicht; wo hast Du dich von deinem Prinzen getrennt?"

„Prinz, Gegia! Bist Du verrückt? Welcher Prinz?"

„Nein, ist er entweder ein Prinz oder Bäcker; entweder Corradino selbst oder Ricciardo der Sohn von Messer Tommaso de'Manelli; er, der am Arno lebte, und für ganz Sesto[25] gebacken hat, als Graf Guido de'Giudi *Vicario* war. In diesem Zeichen ging Messer Tommaso mit Ubaldo de'Gargalandi nach Mailand, und Ricciardo, der mit seinem Vater ging, müsste jetzt sechzehn sein. Er wurde vom Schicksal nicht so gebeutelt wie sein Vater, aber er wäre lieber Gargalandi bewaffnet gefolgt. Er wäre eine schöner, gefälliger Jüngling, sagten sie; und ebenso war, um die Wahrheit zu sagen, unser Junge von diesem Morgen. Aber Monna Lisa besteht darauf, dass es Corradino selbst sein muss."

Cincolo hörte zu, als ob der Klatsch von zwei alten Frauen sein Rätsel entwirren könnte. Er begann sogar, Zweifel zu hegen, ob die letzte Vermutung, extravagant wie sie war, die Wahrheit nicht getroffen hatte. Jeder Umstand verbot solch eine Idee; aber er dachte an die Jugend und unübertreffliche Schönheit des Fremden, und er begann, Zweifel zu hegen. Es gab keinen unter den Elisei, der seiner Erscheinung entsprach. Die Blüte ihrer Jugend war bei Monte Aperto gefallen; der Älteste der neuen Generation war aber erst zehn Jahre alt; die

[24] Der Name des gewöhnlichen Gefängnisses in Florenz.

[25] Sesto Fiorentino, Kleinstadt bei Florenz.

anderen Männer aus diesem Haus hatten ein reiferes Alter. Gegia fuhr fort, von der Verärgerung zu reden, die Beppe de'Bosticchi an den Tag legte, da er wegen des Mordes an Arrigo dei Elisei angeklagt wurde.

„Wenn er diese Tat begangen hätte", rief sie, „nie mehr würde er an meinem Herd stehen; aber er beschwor seine Unschuld; und wahrlich, armer Mann, es wäre eine Sünde, ihm nicht zu glauben."

Warum sollte, wenn der Fremde kein Elisei wäre, er solches Entsetzen zeigen beim Anblick des vermeintlichen Mörders des Hauptes dieser Familie? Cincolo wandte sich vom Feuer ab; er prüfte, ob sein Messer sicher in seinem Gürtel steckte und tauschte seine sandalengleichen Schuhe gegen stärkere Stiefel aus gewöhnlichem, ungegerbten Fell. Diese letzte Handlung zog die Aufmerksamkeit von Gegia an.

„Was machst Du da, guter Mann?" rief sie. „Dies ist nicht die Stunde, deine Kleidung zu wechseln, sondern zu Bett zu kommen. Heut nacht sprichst Du nicht; aber morgen hoffe ich, alles von dir zu erfahren. Was machst Du da?"

„Ich bin im Begriff, dich zu verlassen, meine liebe Gegia; und der Himmel segne und habe Acht auf dich! Ich gehe nach Pisa."

Gegia stieß einen Schrei aus und war im Begriff, mit großer Redseligkeit zu protestieren, während Tränen ihre alten Wangen hinunterrollten. Tränen füllten auch die Augen von Cincolo, als er sagte: „Ich gehe nicht wegen der Sache, die Du vermutest. Ich trete nicht in die Armee von Corradino ein, obwohl mein Herz mit ihr sein wird. Ich gehe nur einen Brief zu überbringen und kehre ohne Verzögerung zurück."

„Du kehrst nie zurück", schrie die alte Frau. „Die Kommune lässt dich nie wieder durch die Tore dieser Stadt treten, wenn Du einen Fuß in dieses verräterische Pisa setzt. Aber Du wirst

66

nicht gehen; ich wecke die Nachbarn auf; ich erkläre dich für verrückt."

„Gegia, nichts mehr davon! Hier ist das ganze Geld, das ich habe. Bevor ich gehe, schicke ich deinen Vetter 'Nunziata zu dir. Ich muss gehen. Es ist nicht die ghibellinische Sache oder Corradino, die mich verpflichten, deine Behaglichkeit und deine Bequemlichkeit zu riskieren; aber das Leben von einem der Elisei steht auf dem Spiel; und, wenn ich ihn retten kann, würden Du mich hier ausruhen lassen und danach mich und die Stunde verfluchen, zu der ich geboren wurde?"

„Was! Ist er…? Aber nein; es gibt keinen unter den Elisei, so jung wie er; und keinen, der so schön ist, außer ihr, die dieses Wappen trug, als sie ein Säugling war, aber sie ist eine Frau. Nein, nein; dies ist eine Geschichte, erfunden, um mich zu täuschen und meine Zustimmung zu gewinnen; aber Du wirst sie nie bekommen. Beachte dies! Du wirst sie nie haben; und ich prophezeie, dass, wenn Du gehst, deine Reise der Tod für uns beide sein wird."

Sie weinte bitterlich. Cincolo küsste ihre alte Wange und vermischte seine Tränen mit ihren; und sie dann der Obhut der Jungfrau und der Heiligen empfehlend, verließ er sie, während der Kummer ihre Äußerung erstickte und der Name der Elisei sie um alle Energie gebracht hatte, um seiner Absicht zu widerstehen.

Es war um vier Uhr am Morgen, als die Tore von Florenz geöffnet wurden und Cincolo die Stadt verlassen konnte. Zuerst bediente er sich der Wagen der *contadini*,[26] um auf seiner Reise voranzukommen; aber, als er sich Pisa näherte, hörten alle Beförderungsmöglichkeiten auf, und er war gezwungen, Seitenstraßen zu nehmen und sich vorsichtig zu

---

[26] Ital.: Bauern.

verhalten, um nicht in die Hände von florentinischen Außenposten zu fallen, oder irgendwelchen grimmigen Ghibellinen, die verdächtigen ihn könnten, und ihn vor den Podesta[27] eines Dorfes brachten; denn wenn einmal verdächtigt und durchsucht, würde das an Corradino adressierte Päckchen ihn verurteilen, und er würde seine Kühnheit mit seinem Leben bezahlen. Nachdem er in Vico Pisano angekommen war, fand er einen Trupp von pisanischen Reitern dort auf Wache. Er war vielen der Soldaten bekannt, und wurde von ihnen nach Pisa befördert; aber es war Nacht, bevor er ankam. Er gab die ghibellinische Parole und wurde innerhalb der Tore eingelassen. Er fragte nach Prinz Corradino; er war in der Stadt im Palast der Lanfranchi. Er überquerte den Arno und wurde in den Palast von den Soldaten eingelassen, die die Tür bewachten. Corradino war gerade von einem erfolgreichen Gefecht aus den Luccesischen Staaten zurückgekehrt und ruhte; aber als Graf Gherardo Doneratico, sein oberster Diener, das Siegel auf dem Päckchen sah, führte er den Träger sofort in ein kleines Zimmer, wo der Prinz auf einem auf den Boden geworfenen Fuchsfell lag. Der Verstand von Cincolo war so von der Schnelligkeit der Ereignisse der vorangegangenen Nacht, von Erschöpfung und Bedürfnis nach Schlaf verwirrt worden, war so überreizt, dass er glaubte, dass der seltsame Jüngling wirklich Corradino war; und obgleich er gehört hatte, dass dieser Prinz in Pisa war, stellte er sich durch eine seltsame Störung des Verstandes immer noch vor, dass er und Ricciardo ein und derselbe waren; dass die schwarze Sänfte ein Phantom und seine Ängste unbegründet waren. Der erste Anblick von Corradino, sein blondes Haar und seine runden,

---

[27] Ital.: Bürgermeister.

sächsischen Gesichtszüge zerstörten diesen Gedanken. Er wurde durch ein Gefühl tiefer Qual ersetzt, als Graf Gherardo ihn ankündigte und sagte: „Jemand, der einen Brief von Madonna Despina dei Elisei bringt, wartet auf Eure Hoheit."

Der alte Mann sprang vorwärts, den Respekt nicht beachtend, den er sonst einer so hohen Abstammung wie der von Corradino erwiesen hätte. „Von Despina! Sagten Sie von ihr? Oh! Widerrufen Sie Ihre Worte! Nicht von meinem verlorenen, geliebten Pflegekind."

Tränen rollten seine Wangen hinunter. Corradino, eine Jüngling von faszinierender Sanftheit, aber, wie Despina gesagt hatte, „jung, sogar kindlich", versuchte, ihn zu beruhigen.

„Oh! mein gnädiger Herr", schrie Cincolo, „öffnet dieses Päckchen und seht, ob es von meinem gesegneten Kind ist; wenn sie war, in der Verkleidung von Ricciardo, führte ich sie zur Zerstörung."

Er rang seine Hände. Corradino, blass wie der Tod aus Furcht wegen des Schicksals seiner schönen und abenteuerlustigen Freundin, brach das Siegel. Das Päckchen enthielt einen Innenumschlag ohne jegliche Angaben und einen Brief, den Corradino las, während Entsetzen jeden seiner Gesichtszüge erschütterte. Er gab ihn Gherardo.

„Er ist wirklich von ihr. Sie sagt, dass der Träger alles von ihrem Schicksal berichten kann, was die Welt wahrscheinlich weiß. Und Sie, alter Mann, der so bitterlich weint, Sie, an die mich meine beste und schönste Freundin verweist, sagen Sie mir, was Sie von ihr wissen."

Cincolo erzählte seine Geschichte in gebrochenem Tonfall. „Mögen diese Augen für immer blind sein!" rief er, als er geendet hatte, „die Despina in jenen weichen Blicken und himmlischem Lächeln nicht erkannten. Alter Narr, der ich bin! Als sich meine Frau über Eure Familie und Eure Fürstlichkeit selbst und den seligen Manfred erregte, warum las ich nicht ihr Geheimnis aus ihrer Nachsicht? Hätte sie jene Worte irgendjemanden verziehen, außer ihr, die sie in ihrer frühen Kindheit behütet hatte und eine Mutter für sie gewesen war, als Madonna Pia starb? Und, als sie Bosticchi den Tod ihres Vaters bezichtigte, sah ich blinder Narr den Geist der Elisei in ihren Augen nicht. Mein Herr, ich bitte Sie nur um eine Gunst. Lassen Sie mich ihren Brief hören, damit ich davon beurteilen kann, welche Hoffnungen bleiben; aber es gibt keine - keine."

„Lesen sie ihn vor, meine lieber Graf", sagte der Prinz. „Ich will nicht fürchten, was er fürchtet. Ich wage nicht zu fürchten, dass jemand, so schön und teuer, sich für meine wertlose Sache geopfert hat." Gherardo las den Brief vor.

> „Cincolo de'Becari, mein Pflegevater, liefert diesen Brief in Ihre Hände, mein geachteter und lieber Corradino. Die Gräfin Elisabeth hat mich zu meinem gegenwärtigen Unternehmen gedrängt. Ich erhoffe nichts davon – außer für Ihre Sache zu arbeiten, und vielleicht durch sein Ereignis um ein wenig früher ein Leben aufzugeben, das nur eine schmerzliche Prüfung für meinen schwachen Verstand ist. Ich gehe, um mich darum zu bemühen, Gefühle der Treue und Großzügigkeit in der Seele des Verräters Lostendardo auszulösen. Ich gehe, um mich in seine Hände zu geben, und ich hoffe nicht, wieder aus ihnen zu

entkommen. Corradino, mein letztes Gebet wird für Ihren Erfolg sein. Trauern Sie nicht um eine, die nach einem langen und müden Exil nach Hause geht. Verbrennen Sie das beigefügte Päckchen, ohne es zu öffnen. Die Mutter Gottes schütze Sie!

DESPINA

."

Corradino hatte geweint, als dieser Brief verlesen wurde, aber dann fuhr er auf und sagte: „Für Rache oder Tod! Wir können sie noch retten!"

Ein Brand war auf das Haus von Schwaben gefallen, und all ihre Unternehmen waren gescheitert. Geliebt von ihren Untertanen, stattlich, und mit jedem Vorteil des Rechts auf ihrer Seite, außer jenem, den die Kirche erweist, wurden sie bei jedem Versuch besiegt, sich gegen einen Ausländer und Tyrannen zu verteidigen, der mit der Macht der Waffen, und diese in den Händen von einigen wenigen, über ein umfangreiches und kriegerisches Gebiet herrschte. Dem jungen und wagemutigen Corradino war es auch vorherbestimmt, in diesem Kampf umzukommen. Nachdem er die Truppen seines Widersachers in der Toskana überwunden hatte, kam er in Richtung seines Königreichs mit den größten Hoffnungen voran. Sein Erzfeind, Papst Klemens IV., hatte sich in Viterbo eingeschlossen und wurde von einer großen Garnison beschützt. Corradino erreichte die Stadt in Triumph und Hoffnung und zog seine Truppen vor ihr stolz auseinander, um dem Heiligen Vater seine Kräfte anzuzeigen und ihn durch diese Darstellung von Erfolg zu demütigen. Die Kardinäle, die die verlängerte Linie und gute Ordnung der

Armee erblickten, eilten zum päpstlichen Palast. Klemens war in seinem Oratorium und betete. Die ängstlichen und blass aussehenden Mönche berichteten, wie der exkommunizierte Ketzer es wagte, die Stadt zu bedrohen, in der der Heilige Vater selbst wohnte; sie fügten hinzu, das, wenn diese Beleidigung sich zu einem Angriff steigerte, könnte sie sich als gefährlicher Krieg erweisen. Der Papst lächelte überheblich.

„Fürchtet nichts", sagte er. „Die Vorhaben dieser Männer werden sich in Rauch auflösen."

Er ging dann auf die Wälle und sah Corradino und Friedrich von Österreich, die an der Linie der Ritter in der Ebene unten vorbeiritten. Er beobachtete sie für einige Zeit; dann wandte er sich seinen Kardinälen zu und sagte: „Sie sind Opfer, die sich erlauben, sich selbst zur Opferung zu führen."

Seine Worte waren eine Prophezeiung. Trotz der ersten Erfolge von Corradino und der überlegenen Anzahl seiner Armee wurde er durch eine List Karls in einer offenen Schlacht besiegt. Er entkam vom Schlachtfeld, und erreichte mit einigen Freunden einen Turm, der Astura genannt wird und der Familie der Frangipani aus Rom gehörte. Hier heuerte er ein Schiff an, ging an Bord und stach in See. Er nahm Kurs auf Sizilien, das, nachdem es gegen Karl rebelliert hatte, ihn, wie er hoffte, mit Freude empfangen würde. Sie wiegten sich schon in Sicherheit, als jemand aus der Familie der Frangipani ein Schiff voller Deutscher sah, das mit vollen Segeln von der Küste strebte und vermutete, dass sie Flüchtlinge der Schlacht von Tagliacozzo waren. Er folgte ihnen in anderen Schiffen und nahm sie alle gefangen. Die Person von Corradino war eine reiche Beute für ihn; er lieferte ihn in die Hände seines Rivalen und wurde mit der Vergabe eines Lehens nahe Benevento belohnt.

Der niederträchtige Geist Karls stiftete ihn zur niedrigsten Rache an; und diese Tragödie spielte sich an jener Küste ab, die in unseren Tagen wiederentdeckt worden ist. Ein kühner und berühmter Prinz wurde durch Scheinformen der Gerechtigkeit am blutrünstigen Altar der Tyrannei und Heuchelei geopfert. Corradino wurde vor Gericht gestellt. Einer seiner Richter allein, ein Provençale, wagte es, ihn zu verurteilen, und er bezahlte mit seinem Leben als Strafe für seine Niederträchtigkeit. Denn kaum hatte er, allein unter seinen Freunden, das Todesurteil gegen den Prinzen verkündet, als Robert von Flandern, der Schwager von Karl selbst, ihn mit einem Stab auf die Brust schlug und schrie: „Es gehört sich nicht für dich, Wicht, einen Ritter zum Tode zu verurteilen, der so stattlich und ehrenwert ist." Der Richter fiel tot zu Boden, im Beisein des Königs, der nicht wagte, seine Kreatur zu rächen.

Am 26. Oktober wurden Corradino und seine Freunde hinausgeführt, um auf dem Marktplatz in Neapel zu sterben, auf der Seeseite der Stadt. Karl war anwesend mit seinem gesamten Hof, und eine immense Menge umgab den triumphierenden König und seinen königlicheren Widersacher, der bereit war, einen schmachvollen Tod zu erleiden. Die trübselige Prozession erreichte ihr Ziel. Corradino, erregt, aber seine Erregung beherrschend, wurde in einem offenen Wagen gezogen. Nach ihm kam eine geschlossene Sänfte, schwarzverhangen, ohne das geringste Anzeichen, wer darinnen war. Der Herzog von Österreich und mehrere andere berühmte Opfer folgten. Die Wache, die sie zum Schafott führte, wurde von Lostendardo angeführt; ein arglistiger Triumph lachte in seinen Augen, und er ritt nahe der Sänfte, dann und wann zuerst sie, und dann Corradino mit dem finsteren Blick eines quälenden Dämons ansehend. Die

Prozession hielt am Fuß des Schafotts an, und Corradino blickte auf das aufblitzende Licht, das sich hin und wieder aus dem Vesuv erhob und seine Spiegelungen über das Meer warf. Die Sonne war noch nicht aufgegangen, aber der Glorienschein ihres Nahens erleuchtete die Bucht von Neapel, ihre Berge und ihre Inseln. Die Gipfel der entfernten Hügel von Baire schimmerten in ihren ersten Strahlen. Corradino dachte: „Zu der Zeit, wenn jene Strahlen hier ankommen, und die Körper dieser Menschen Schatten werfen - die Prinzen und Bauern um mich herum - wird mein lebendiger Geist schattenlos sein."

Dann wandte er seine Augen auf die Begleiter seines Schicksals, und er sah zum ersten Mal die stille und dunkle Sänfte, die ihn begleitete. Zuerst dachte er: „Es ist mein Sarg." Aber dann erinnerte er sich an das Verschwinden von Despina und wollte zu ihr vorspringen. Seine Wachen hielten ihn auf; er blickte auf, und sein Blick traf den von Lostendardo, der lächelte - ein Lächeln der Furcht. Aber das Gefühl des Glaubens, das ihn schon einmal beruhigt hatte, suchte ihn wieder heim; er dachte, dass ihre Leiden wie auch seines bald vorbei wären.

Sie waren schon vorbei. Und die Stille des Grabes ist auf jenen Ereignissen, die stattgefunden hatten, seit Cincolo sah, wie sie aus Florenz hinausgetragen wurde, bis jetzt, da sie von ihrem grimmigen Feind dazu geführt wurde, den Tod des Neffen Manfreds zu erblicken. Sie musste viel erduldet haben; dann, als Corradino an der Vorderseite des Schafotts ankam, wurde die Sänfte ihm gegenüber abgestellt. Lostendardo ordnete an, die Vorhänge zurückzuziehen. Die weiße Hand, die unbelebt von der Seite hing, war dünn wie ein Winterblatt und ihr schönes Gesicht, gebettet in den dicken Knoten ihres dunklen Haares, war eingesunken und aschfahl, während man sehen konnte, wie sich das tiefe Blau ihrer Augen durch die geschlossenen Augenlider kämpfte. Sie war immer noch in der Kleidung, in der sie sich im Haus von Cincolo gezeigt hatte. Vielleicht dachte ihr Peiniger, dass ihre Erscheinung als ein Jüngling weniger Mitleid anziehen würde, als wenn eine schöne Frau auf diese Art zu einer so unnatürlichen Szene geschleift würde.

Corradino kniete und betete, als ihre Gestalt auf diese Art ungeschützt war. Er sah sie und sah, dass sie tot war! Im Begriff, selbst zu sterben; dabei, rein und unschuldig so schmachvoll zu sterben, während sein niedriger Eroberer in Pomp und Herrlichkeit Zuschauer seines Todes war, taten nicht jene ihm leid, die in Frieden ruhten; sein Mitleid gehörte den Lebenden allein und, als er sich von seinem Gebet erhob, rief er aus: „Meine teure Mutter, welche tiefe Trauer wird die Nachrichten, die Du hören wirst, dir bereiten!"

Er schaute auf die bewegte Menge um ihn herum und sah, dass die hartgesichtigen Parteigänger des Usurpators weinten; er hörte die Schluchzer seiner unterdrückten und besiegten Untertanen; so dass er den Handschuh von seiner Hand zog und ihn in die Menge warf, als Zeichen, dass er immer noch seine Sache für gerecht hielt. Dann legte er seinen Kopf dem Beil vor.

Während vieler Jahre nach jenen Ereignissen genoss Lostendardo Reichtum, Rang und Ehre. Dann plötzlich, während er am Gipfel von Herrlichkeit und Wohlstand stand, zog er sich aus der Welt zurück, nahm die Gelübde einer strengen Regel an, in einem Kloster in einer der trostlosen und ungesunden Ebenen an der Meeresküste in Kalabrien; und, nachdem er den Charakter eines Heiligen durch ein Leben der selbstzugefügten Folter gewonnen hatte, starb er, die Namen von Corradino, Manfred und Despina murmelnd.

Ferdinando Eboli
Eine Erzählung

Während dieser ruhigen Zeit des Friedens vergessen wir schnell die Aufregungen und erstaunliche Ereignisse des letzten Krieges; und selbst die Namen von Europas Eroberern klingen in den Ohren unserer Kinder veraltet. Dies waren romantischere Tage als heute; denn die von Revolution oder Invasion ausgelöste Empörung war voller Romanik; und Reisende in jenen Ländern, in denen diese Szenen spielten, hören seltsame und wunderbare Geschichten, deren Wahrheit so sehr Literatur ähnelt, das, während wir an der Erzählung interessiert sind, wir dem Erzähler nie unbedingten Glauben schenken. Von dieser Art ist eine Geschichte, die ich in Neapel hörte. Das Kriegsgeschehen beeinflusste ihre Akteure vielleicht nicht; doch es scheint unwahrscheinlich, dass Umstände, so außerhalb der üblichen Routine, Platz unter dem grellen Tageslicht hätten haben können, das Frieden über die Welt vergießt.

Als Murat, genannt dann Gioacchino, König von Neapel,[28] seine italienischen Regimenter aushob, wurden mehrere junge Edelmänner, die zuvor wenig mehr als Weingärtner auf Erden gewesen waren, von einer Liebe zu den Waffen begeistert und

---

[28] Joachim Murat (1767-1815); unter Napoleon I. Marschall von Frankreich, seit 1808 König von Neapel; nach dem Russlandfeldzug Bruch mit Napoleon; verheiratet mit Napoleons jüngster Schwester Karoline.

zeigten sich als Kandidaten für militärische Ehren. Unter diesen war der junge Graf Eboli. Der Vater dieses jugendlichen Edelmannes war Ferdinand[29] nach Sizilien gefolgt; aber sein Besitz lag hauptsächlich nahe Salerno, und er wünschte natürlich, ihn zu erhalten. Die Aussicht, dass die französische Regierung in Herrlichkeit und Wohlstand in seinem Land aushielt, ließen ihn oft bedauern, dass er seinem legitimen, aber schwachsinnigen König in die Verbannung gefolgt war. Bevor er starb, empfahl er deshalb seinem Sohn, nach Neapel zurückzukehren, um sich seinem alten und erprobten Freund, dem Marchese Spina, anzuvertrauen, der ein hohes Amt in Murats Regierung innehatte, und sich mit Hilfe seiner Möglichkeiten mit dem neuen König zu versöhnen. All dies wurde leicht erreicht. Dem jungen und prächtigen Grafen wurde erlaubt, sein Patrimonium in Besitz zu nehmen; und als ein weiteres Unterpfand des guten Glücks wurde er mit dem einzigen Kind des Marchese Spina verlobt. Die Hochzeit wurde bis zum Ende des folgenden Feldzuges verschoben.

Inzwischen wurde die Armee in Bewegung gesetzt, und Graf Eboli erhielt nur eine solch kurze Beurlaubung, das sie ihm erlaubte, für einige Stunden die Villa seines zukünftigen Schwiegervater aufzusuchen, um dort Abschied von ihm und seiner ihm anverlobten Braut zu nehmen. Die Villa war auf einem der Apenninen im Norden von Salerno gelegen und blickte, über der Ebene von Kalabrien, in der Paestum liegt, auf das blaue Mittelmeer. Ein Abgrund auf einer Seite, ein stürzender Bergbach und ein dichter Hain von Stechpalmen

---

[29] Ferdinand IV. (1751-1825), König von Neapel; verlor sein Königreich 1805 an Napoleon und ging nach Sizilien. Nach Napoleons Niedergang kehrte er zurück und vereinigte 1816 seine Territorien zum Königreich beider Sizilien.

fügten der Erhabenheit seines Standortes Schönheit hinzu. Graf Eboli stieg den Bergpfad in der ganzen Freude der Jugend und der Hoffnung hinauf. Sein Aufenthalt war kurz. Eine Ermahnung und eine Segnung vom Marchese, ein zärtlicher Abschied, gekrönt durch sanfte Tränen der schönen Adalinda, waren die Erinnerungen, die er mit sich tragen sollte, um ihn mit Mut und Hoffnung in Gefahr und Abwesenheit zu erfüllen. Die Sonne war gerade hinter der entfernten Insel Istria versunken. Dann, die Hand seiner Dame küssend, sagte er endlich: „Addio", und mit langsameren Schritten und melancholischerer Miene ritt er den Berg hinunter auf seinem Weg nach Neapel.

In der gleichen Nacht zog Adalinda sich früh in ihre Räume zurück und entließ ihre Dienerinnen. Dann, von Furcht und Hoffnung gleichermaßen beunruhigt, stieß sie die Glastür zu einem Balkon auf, der über den Rand des Hügels auf den Sturzbach schaute, dessen lautes Rauschen sie oft in den Schlaf wiegte. Die Sicht auf dessen Wasser war von den Stechpalmen verborgen, die ihre obersten Zweige über der beschützenden Brüstung des Balkons erhoben.

Ihre Wange auf ihre Hand gestützt, dachte sie an die Gefahren, denen ihr Geliebter begegnen würde, an ihre Einsamkeit unterdessen, an seine Briefe und an seine Rückkehr. Ihr Ohr fing nun ein raschelndes Geräusch auf. War es die Brise unter den Stechpalmen? Ihr Schleier wurde von keinem Wind bewegt, sogar ihre Locken, schwer in ihrer reichen Schönheit, wurden nicht von ihrer Wange gehoben. Wieder jene Geräusche. Ihr Blut ging zu ihrem Herzen zurück, und ihre Glieder zitterten. Was konnte es bedeuten? Plötzlich bewegten sich die oberen Zweige des nächsten Baums; sie öffneten sich, und das schwache Sternenlicht zeigte die Gestalt eines Mannes zwischen ihnen. Er bereitete sich vor, von seinem Halt weiter zur Mauer zu springen. Es war ein gefährliches Kunststück. Zuerst gebot ihr die sanfte Stimme ihres Geliebten: „Fürchte dich nicht", und im nächsten Augenblick war er an ihrer Seite und beruhigte ihren Schrecken. Er rief ihre Geister zurück, die fast ihre sanfte Gestalt verlassen hatten durch Überraschung, Angst und Freude gleichermaßen. Er umschloss ihre Taille mit seinem Arm und, tausend leidenschaftliche Ausdrücke der Liebe hervorfließen lassend, lehnte sie sich an seine Schulter und weinte vor Erregung; während er ihre Hände mit Küssen bedeckte und mit glühender Anbetung auf sie blickte.

Dann saßen sie in ruhigerer Stimmung zusammen. Triumph und Freude entzündeten seine Augen, und ein bescheidenes Erröten erschien auf ihren Wangen; denn nie zuvor hatte sie allein mit ihm gesessen, noch unkontrolliert seinen leidenschaftlichen Versicherungen der Zuneigung zugehört. Es war in der Tat die Stunde der Liebe. Die Sterne zitterten auf dem Dach ihres ewigen Tempels; das Rauschen des Sturzbaches, die sanfte Sommeratmosphäre und der mysteriöse Anblick der verdunkelten Landschaft; alles war in Einklang, um Sicherheit und sinnliche Hoffnung zu erwecken. Sie redeten davon, wie ihre Herzen durch die Mittel der göttlichen Natur Gemeinschaft während seiner Abwesenheit halten könnten; von den Freuden der Wiedervereinigung und von ihrer Aussicht auf perfektes Glück.

Der Moment kam schließlich, da er gehen musste.

„Eine Locke von diesem seidenen Haar", sagte er und hob eine der vielen Locken an, die sich um ihren Hals scharten. „Ich werde sie auf meinem Herzen tragen, ein Schild, um mich gegen die Schwerter und Kugeln des Feindes zu schützen."

Er zog einen scharfschneidigen Dolch aus der Scheide.

„Eine schlechte Waffe für so eine sanft Tat", sagte er und trennte die Locke ab, und im selben Moment fielen einige Tropfen Blut auf den schönen Arm der Dame. Er beantwortete ihre furchtsamen Anfragen, indem er ihr eine klaffende Wunde zeigte, die er seiner linken Hand unbeholfen zugefügt hatte. Er bestand zuerst darauf, seinen Preis zu sichern, und dann erlaubte er ihr, seine Wunde zu verbinden, was sie halb lachend, halb in Trauer, tat, indem sie um seine Hand ein von ihrem eigenen Arm gelöstes Band wickelte.

„Und nun Lebwohl", rief er. „Ich muss zwanzig Meilen geritten sein, ehe es dämmert, und der absteigende Bär zeigt, dass Mitternacht vorbei ist."

Sein Abstieg war schwierig, aber er schaffte es glücklich und der Vers eines Liedes, dessen sanfte Laute wie der Rauch von Weihrauch von einem Altar von einem kleinen bewaldeten Tal unten zu ihrem ungeduldigen Ohr aufstieg, versicherte ihr seine Sicherheit.

Wie es immer der Fall ist, wenn ein Bericht von Augenzeugen gesammelt wird, konnte ich mich nie des genauen Datums dieser Ereignisse vergewissern. Sie ereigneten sich jedoch, während Murat König von Neapel war und er seine italienischen Regimenter aushob. Graf Eboli wurde, wie oben erwähnt, Jungoffizier in ihnen und diente mit großer Auszeichnung; obwohl ich weder das Land oder die Schlacht benennen kann, in welchem er so unübersehbar eine Rolle gespielt hatte, dass er auf der Stelle zum Rittmeister befördert wurde.

Nicht lange nach diesem Ereignis, während er im Norden von Italien stationiert war, sandte Gioacchino nach ihm und bestellte ihn am späten Abend ins Hauptquartier. Er vertraute ihm einen geheimen Auftrag an, für den er durch ein von den Truppen des Feindes besetztes Land in eine Stadt musste, die im Besitz der Franzosen war. Es war notwendig, die Expedition während der Nacht zu unternehmen, und es wurde erwartet, dass er an dem Tag zurückkehrte, der auf den nächsten folgte. Der König selbst gab ihm seine Depeschen und das Losungswort; und der edle Jüngling gelobte mit bescheidener Festigkeit, dass er Erfolg haben oder in der Erfüllung seiner Pflicht sterben würde.

Es war schon Nacht, und der sichelförmige Mond stand niedrig im Westen, als Graf Ferdinando Eboli auf sein bevorzugtes Pferd stieg und in schnellem Galopp die Straßen der Stadt verließ. Dann, den gegebenen Anweisungen folgend, durchquerte er das Land zwischen den Feldern, die mit Weinreben bepflanzt waren, und vermied sorgfältig die Hauptstraße. Es war eine wunderschöne und ruhige Nacht. Stille und Schlaf nahmen die Erde ein; Krieg, der Bluthund, schlummerte. Der Geist der Liebe hatte das Leben zu dieser stillen Stunde allein. In der Hoffnung auf Ruhm frohlockend, begann unser junger Held seine Reise, und Visionen von Aufstieg und Liebe bildeten seine Träume. Ein fernes Geräusch weckte ihn; er zügelte sein Pferd und lauschte; Stimmen näherten sich; als er die Stimme eines Deutschen erkannte, wendete er sich von dem Pfad, dem er folgte, zu einem ruhigen geraderen Weg. Aber wieder war der Klang eines Feindes zu hören, und das Trampeln von Pferden. Eboli zögerte nicht; er stieg ab, band sein Ross an einen Baum und ging entlang der Einfriedung des Feldes, im Vertrauen darauf, auf diese Art unbemerkt zu entkommen. Er hatte Erfolg. Nach einer Stunde mühsamen Vorankommens erreichte er das Ufer eines Stroms, der, wie die Grenze zwischen zwei Staaten, das Zeichen dafür war, dass er schließlich der Gefahr entkommen war. Er ging das steile Ufer des Flusses hinunter, den er mit seinem Pferd vielleicht hätte durchqueren können; jetzt plante er ihn zu durchschwimmen. Er hielt seine Depesche in einer Hand, warf seinen Mantel weg und war im Begriff, ins Wasser einzutauchen, als er plötzlich von unsichtbaren Händen festgehalten wurde, die aus dem dunklen Schatten des *argines*[30] hervorgeschossen waren, der sie verborgen hatte. Er wurde auf den Boden geworfen, gefesselt und geknebelt, seine Augen verbunden; dann wurde er in ein kleines Boot gelegt, welches mit großer Schnelligkeit den Strom hinunter gerudert wurde.

Es schien so viel Vorbedacht in der Tat, das es zwar eine verwirrende Vermutung war, doch er musste glauben, ein Gefangener der Österreicher zu sein. Während er jedoch immer noch vergeblich überlegte, wurde das Boot vertäut, er wurde herausgehoben, und die Veränderung der Atmosphäre ließ ihn gewahr werden, dass sie irgendein Haus betreten hatten. Mit äußerster Sorgfalt und Schnelligkeit, doch in äußerster Stille, wurde er seiner Kleidung beraubt, und zwei Ringe, die er trug, wurden von seinen Fingern gezogen. Andere Kleidung wurde über ihn geworfen; und dann waren zwar keine sich entfernenden Schritte zu hören, aber er hörte bald das Plätschern eines einzelnen Ruders, und er fühlte sich allein. Er lag da, völlig außerstande, sich zu bewegen; die einzige Entlastung, die sein Bezwinger oder seine Bezwinger ihm gewährt hatten, war, dass sie den Knebel gegen ein fest gebundenes Taschentuch ausgetauscht hatten. Für Stunden blieb er auf diese Art, mit einem gequälten Verstand, vor Wut, Ungeduld und Enttäuschung platzend; mal sich krümmend, so gut wie er konnte, bei seinen Versuchen, sich zu befreien, mal still, voller Verzweiflung. Seine Depeschen waren fort, und der Zeitraum war schnell vergangen, in dem

---

[30] Ital.: Deich, Damm.

er durch seine Gegenwart dieses Übel einigermaßen beheben könnte. Der Morgen dämmerte; und obwohl das volle grelle Licht der Sonne seine Augen nicht besuchen konnte, fühlte er, wie es auf seinen Gliedern spielte. Als der Tag fortschritt, quälte der Hunger ihn und obwohl inmitten des Besuchs eines stärkeren, verschmähte er zunächst dieses mindere Übel; gegen Abend wurde es trotzdem die überwiegende Empfindung. Die Nacht stand bevor, und die Furcht, dass er in dieser verlassenen Einsamkeit bleiben und sogar verhungern könnte, hatte mehrfach seine Gestalt erschaudern lassen, als feminine Stimmen und das fröhliche Lachen eines Kindes sein Ohr traf. Er hörte, wie Personen die Räume betraten, und er wurde in seiner Muttersprache nach dem Grund für seine gegenwärtige Situation gefragt, während die Binde von seinem Mund genommen wurde. Er führte sie auf *banditti*[31] zurück. Seine Fesseln wurden schnell durchschnitten, und die Sicht seiner verbundenen Augen wiederhergestellt. Es dauerte lange, bevor er wieder zu Kräften gekommen war. Wasser, dass vom Strom gebracht wurde, schenkte ihm jedoch etwas Erfrischung, und nach und nach nahm er den Gebrauch seiner Sinne wieder auf. Er sah, dass er in der verfallenen Kate eines Schäfers war; niemand war in der Nähe, außer einem Bauernmädchen und einem Kind, die ihn befreit hatten. Sie rieben seine Knöchel und Handgelenke, und der kleine Mensch bot ihm Brot und einige Eier an. Nach dieser Erfrischung, und einer Stunde der Ruhe, fühlte Ferdinand sich genug wiederhergestellt, um über sein Abenteuer nachzudenken und über sein weiteres Vorgehen zu entscheiden.

---

[31] Ital.: Banditen.

Er sah sich die Kleidung an, die er als Gegenleistung für die erhalten hatte, die er getragen hatte. Sie war von der einfachsten und gemeinsten Art. Nun war keine Zeit zu verlieren; und er fühlte, dass der einzige Schritt, den er machen konnte, war, mit aller Geschwindigkeit zum Hauptquartier der neapolitanischen Armee zurückzukehren und den König über seine Katastrophe und seinen Verlust zu informieren.

Es wäre müßig, seinen rückwärts gerichteten Schritte zu folgen und all die Entrüstung und Enttäuschung zu schildern, die in seinem Herz anschwollen. Er ging mühsam, aber entschlossen die ganze Nacht, und um drei Uhr am Morgen betrat er die Stadt, in der Gioacchino damals war. Er wurde von den Wachen angehalten. Er gab das ihm von Murat anvertraute Losungswort und wurde sofort von den Soldaten zum Gefangenen gemacht. Er erklärte ihnen seinen Namen und Rang und die unbedingte Notwendigkeit, dass er den König sofort sah. Er wurde zum Wachhaus gebracht, und der Offizier vom Dienst dort hörte mit Verachtung seine Darstellungen an und sagte ihm, dass Graf Ferdinando Eboli drei Stunden zuvor zurückgekehrt war und angeordnet hatte, dass er bei einer weiteren Kontrolle als Spion einzusperren wäre. Eboli bestand laut darauf, dass ein Hochstapler seinen Namen angenommen hatte; und während er die Geschichte seiner Überwältigung berichtete, kam ein anderer Offizier, der seine Person erkannte; weitere Personen, die mit ihm bekannt waren, traten in die Partei ein; und, da der Hochstapler von keinem von ihnen, sondern nur vom Offizier der Nacht gesehen worden war, gewann seine Geschichte Boden.

Ein junger Franzose von hohem Rang, der Befehl hatte, den König früh am Morgen zu bedienen, trug einen Bericht darüber, was vorging, zu Murat selbst. Die Geschichte war so seltsam, dass der König nach dem jungen Grafen sandte; und dann, obwohl er einige Stunden zuvor seine Fälschung gesehen und ihr geglaubt hatte, und einen Bericht über seinen Auftrag von ihm erhalten hatte, der getreu ausgeführt worden war, brachte ihn die Erscheinung des Jünglings ins Schwanken. Er befahl die Gegenwart von dem, der als Graf Eboli einige Stunden zuvor vor ihm erschienen war. Als Ferdinand neben dem König stand, blickte sein Auge in einen großen und hervorragenden Spiegel. Sein verfilztes Haar, seine blutunterlaufenen Augen, seine ausgezehrten Blicke und seine zerrissene und gemeine Kleidung schmälerten den Adel seiner Erscheinung; und immer noch erschien er weniger als der ausgezeichnete Graf Eboli, als zu seiner vollkommenen Verwirrung und Überraschung seine Fälschung neben ihm stand.

Er war perfekt in all den äußeren Zeichen, die eine hohe Geburt bezeichneten; und so sehr glich er dem, den er darstellte, das es unmöglich gewesen wäre, einen vom anderen zu unterscheiden. Dasselbe kastanienbraune Haar scharte sich auf seiner Stirn; die süßen und angeregten hellbraunen Augen waren die gleichen; die eine Stimme war das Echo der anderen. Die Beherrschung und Würde des Heuchlers gewannen die Stimmen von jenen um sie herum. Als ihm die seltsame Erscheinung eines anderen Grafen Eboli beschrieben wurde, lachte er auf eine offene, sehr herzliche Art, wandte sich Ferdinand zu und sagte: „Sie ehren mich sehr, dass Sie mich für Ihre Nachahmung auswählten; aber es gibt zwei oder drei Dinge, die ich an mir so gut mag, dass Sie meinen Widerwillen entschuldigen müssen, mich gegen Sie einzutauschen." Ferdinand hätte geantwortet, aber der falsche Graf wandte sich mit größter Überheblichkeit dem König zu und sagte: „Entscheidet Eure Majestät zwischen uns? Ich kann keine Worte mit einem Menschen dieser Art wechseln."

Verärgert durch diese Verachtung, verlangte Ferdinand die Erlaubnis, den Heuchler zu fordern. Dieser sagte, dass er bereit wäre, ihn sogar unter Einsatz seines eigenen Lebens zu züchtigen, wenn der König und seine Offizierskameraden nicht denken würden, dass er sich selbst erniedrigen und der Armee dadurch, dass er mit einem gemeinen Vagabunden hinausging, Schande machen würde. Aber der König fühlte sich nach einigen weiteren Fragen sicher, dass der unglückliche Edelmann ein Hochstapler war, tadelte ihn mit scharfen und drohenden Worten für seine Unverschämtheit und sagte ihm, dass er es seiner Gnade allein verdankte, wenn er nicht als Spion hingerichtet wurde. Er ordnete an, dass er sofort vor die Mauern der Stadt geführt würde, unter Androhung schwerwiegender Strafe, falls er jemals wagte, weitere Versuche seiner Hochstapeleien zu unternehmen.

Es erfordert viel Phantasie und die Erfahrung großen Elends, sich vollständig in Ferdinands Gefühle hineinzuversetzen. Von hohem Rang, Herrlichkeit, Hoffnung und Liebe wurde er in die vollkommene Bettelei und Schande geworfen. Die beleidigenden Worte seines triumphierenden Rivalen und die erniedrigenden Drohungen seines in letzter Zeit so freundlichen Herrschers klangen in seinen Ohren; jeder Nerv in seiner Gestalt wand sich vor Qual. Aber glücklicherweise ist für die Ausdauer des menschlichen Lebens das schlechteste Elend in früher Jugend oft nur ein schmerzhafter Traum, den wir abwerfen, wenn der Schlummer unsere Augen verlässt. Nach einem Kampf von unerträglicher Qual lebten Hoffnung und Mut in seinem Herzen wieder auf. Sein Entschluss war schnell gefasst. Er würde nach Neapel zurückkehren, seine Geschichte dem Marchese Spina berichten und durch seinen Einfluss wenigstens eine gerechte Anhörung vor dem König erhalten. Es war jedoch in seiner seltsamen Situation keine leichte Aufgabe, seine Entscheidung in die Tat umzusetzen. Er hatte kein Geld; seine Kleidung verriet Armut; er hatte weder Freunde noch Verwandte in der Nähe, aber solche hätten in ihm auch nur den unverschämtesten Schwindler erblickt. Immer noch verließ ihn sein Mut nicht. Die freundliche italienische Erde versorgte ihn in der jetzt fortgeschrittenen herbstlichen Jahreszeit mit Kastanien, Früchten des Erdbeerbaums und Weintrauben. Er nahm den direkten Weg über die Hügel, vermied die Städte und auch jede andere Behausung. Er reiste vornehmlich in der Nacht, da sich dann, außer in den Städten, die Wachen der Regierung aus ihren Posten zurückgezogen hatten. Wie es ihm gelang, von einem Ende Italiens zum anderen zu kommen, ist schwierig zu sagen; aber sicher ist, dass er sich nach einer Pause von einigen Wochen in der Villa Spina zeigte.

Unter beträchtlichen Schwierigkeiten wurde er zum Marchese vorgelassen, der ihn stehend empfing, mit einem interessierten Blick, den edlen Jüngling überhaupt nicht erkennend. Ferdinand forderte ein privates Gespräch, denn dort waren mehrere Besucher anwesend. Seine Stimme erschreckte den Marchese, der einwilligte und ihn in andere Räume mitnahm. Hier offenbarte sich Ferdinand und berichtete mit schnellen und aufgeregten Worten die Geschichte seines Unglücks, als das Trampeln von Pferden zu hören war, die große Glocke läutete, und ein Bediensteter ankündigte: „Graf Ferdinando Eboli."

„Er ist es selbst", schrie der Jüngling und wurde blass. Die Worte waren seltsam, und sie erschienen es umso mehr, als die angekündigte Person eintrat; der perfekte Anschein des jungen Edelmannes, dessen Namen er angenommen hatte, betrat den Boden der Halle, wie er zuletzt bei seiner Abreise erschienen war. Er neigte seinen Kopf anmutig zum Baron, wandte sich mit einem Blick der Überraschung, aber mehr der Verachtung, in Richtung Ferdinands und rief aus: „Du hier!"

Ferdinand richtete sich zu seiner vollen Größe auf. Trotz Erschöpfung, schlechter Kost und grober Kleidungsstücke war seine Benehmen voller Würde. Der Marchese sah ihn starr an und erschrak, als er seine stolze Miene bemerkte und in seinen ausdrucksfähigen Gesichtszügen das Gesicht von Eboli selbst sah. Aber er war wieder verblüfft, als er sich umdrehte und wie in einem Spiegel dasselbe Gesicht wahrnahm, von der anderen Ecke zurückgeworfen, das sich dieser Musterung ein wenig ungeduldig unterzog. In kurzen und höhnischen Worten sagte er dem Marchesen, dass dies der zweiter Versuch des Eindringlings war, sich als Graf Eboli auszugeben; dass das Kunststück schon einmal fehlgeschlagen war und wieder fehlschlagen würde. Er fügte lachend hinzu, dass es schwer war, Beweise zu erbringen, das er er selbst sei, gegen die Behauptung eines *briccone*,[32] dessen Ähnlichkeit mit ihm und eine unvergleichliche Unverschämtheit seine ganzen Aktien in dem Geschäft waren.

„Warum, mein guter Freund", fuhr er höhnisch fort, „bringen Sie mich dazu, mir etwas einzubilden, beim Gedanken daran, dass jemand, der mir anscheinend so sehr gleicht, es in der Welt zu nichts besserem gebracht hat."

Das Blut stieg in Ferdinands Wangen auf bei den bitteren Spötteleien seines Feindes; mit Mühe hielt er sich davon ab, mit seinem Feind auf Tuchfühlung zugehen, während die Worte: „Verräterischer Hochstapler!" von seinen Lippen

---

[32] Ital.: Schelm.

sprangen. Der Baron befahl dem grimmigen Jüngling, still zu sein, und, bewegt durch einen Blick, der ihn an den von Ferdinand erinnerte, sagte er sanft: „Bei Ihrer Achtung vor mir, ich beschwöre Sie, geduldig zu sein; fürchten Sie nichts, nur das ich gerecht handeln werde." Sich dann dem falschen Eboli zuwendend, fügte er hinzu, dass er keinen Zweifel hatte, dass nur er der wahre Graf wäre, und bat um Entschuldigung für seine vorherige Unentschlossenheit. Zuerst schien der Letztere böse, aber schließlich platzte er mit einem Lachen heraus und dann, sich für seine schlechte Erziehung entschuldigend, fuhr er fort, herzlich über die Verblüffung des Marchesen zu lachen. Es ist sicher, dass seine Fröhlichkeit mehr Anerkennung bei seinem Zuhörer gewann als die entrüsteten Blicke des armen Ferdinand. Der falsche Graf sagte dann, dass er nach den Drohungen des Königs nicht erwartet hatte, dass die Farce wieder gespielt werden würde. Er hätte Beurlaubung erhalten, und nutze sie, um seinen zukünftigen Schwiegervater zu besuchen, nachdem er einige Tage in seinem eigenen *palazzo* in Neapel verbracht hätte. Bis jetzt hatte Ferdinand ruhig mit einem Gefühl der Neugier zugehört, bestrebt, alles was er konnte, von den Taten und Motiven seines Rivalen zu erfahren; aber bei diesen letzte Worten konnte er nicht mehr an sich halten.

„Was!" rief er. „Du hast meine Stelle im Haus meines eigenen Vaters eingenommen und wagtest meine Macht in meiner Ahnen Hallen zu übernehmen?"

Ein Schwall von Tränen überwältigte den Jüngling; er versteckte sein Gesicht in seinen Händen. Grimm und Stolz entflammten die Miene des Heuchlers.

„Beim ewigen Gott und dem heiligen Kreuz schwöre ich", rief er aus, „dieser Palast ist der Palast meines Vaters, jene Hallen die Hallen meiner Vorfahren!"

Ferdinand sah mit Überraschung auf. „Und die Erde tut sich nicht auf", sagte er, „um den meineidigen Mann zu verschlingen."

Er berichtete dann auf Geheiß des Marchesen seine Abenteuer, während Verachtung die Gesichtszüge seines Rivalen überzog. Der Marchese, der sich beide ansah, konnte sich nicht von Zweifeln befreien. Er wandte sich von einem zum anderen. Trotz der wilden und ungeordneten Erscheinung des armen Ferdinand gab es etwas in ihm, das seinem Freund verbot, ihn als den Hochstapler zu verurteilen; aber es war ebenso zutiefst unmöglich, dazu den Galan und edel aussehenden Jüngling zu erklären, der nur als der wirkliche Graf anerkannt werden konnte dadurch, dass man der Geschichte des anderen nicht glaubte. Der Marchese rief einen Diener und sandte nach seiner schönen Tochter.

„Diese Entscheidung", sagte er, „soll dem subtilen Urteil einer Frau und der tiefen Durchdringung einer Liebenden überlassen werden."

Die beiden Jünglinge lächelten jetzt - dasselbe Lächeln; derselbe Ausdruck - der von erwartetem Triumph. Der Baron war verwirrter als zuvor.

Adalinda hatte von der Ankunft des Grafen Eboli gehört und trat ein, strahlend in Jugend und Glück. Sie wandte sich schnell demjenigen zu, der am meisten der Person ähnelte, die sie zu sehen erwartete, als eine bekannte Stimme ihren Namen sprach. Sie starrte bestürzt auf die doppelte Erscheinung des Geliebten. Ihr Vater, der ihre Hand nahm, erklärte schnell das Geheimnis und gebot ihr, sich zu vergewissern, welcher ihr Verlobter war.

„Signorina", sagte Ferdinand, „verschmäht mich nicht, weil ich vor Ihnen auf diese Art in Schande und Elend erscheine.

Ihre Liebe, Ihre Güte werden mir Wohlstand und Glück wieder zurückbringen."

„Ich weiß nicht, wie das möglich ist", sagte das verwunderte Mädchen, „aber Sie sind bestimmt Graf Eboli."

„Adalinda", sagte der rivalisierende Jüngling, „verschwende deine Worte nicht an einen Verbrecher. Schöne und Getäuschte, ich vertraue darauf, zitternd sage ich es, dass ich dir mit einem Wort beweisen kann, dass ich Eboli bin."

„Adalinda", sagte Ferdinand, „ich steckte den Hochzeitsring auf deinen Finger; vor Gott hast Du mir deine Gelübde gegeben."

Der falsche Graf näherte sich der Dame und nahm, ein Knie beugend, von seinem Herzen ein Medaillon, das eine Haarlocke enthielt, zusammengehalten von einem grünen Band, das sie als das erkannte, das sie getragen hatte, und deutete auf eine schwache Narbe auf seiner linken Hand.

Adalinda wurde tiefrot, und sagte, sich ihrem Vater zuwendend, und sich in Richtung des knienden Jünglings bewegend: „Er ist Ferdinand."

Alle Beteuerungen des unglücklichen Eboli waren jetzt vergeblich. Der Marchese hätte ihn in ein Verlies geworfen; aber auf das aufrichtige Ersuchen seines Rivalen hin wurde er nicht eingesperrt, aber schimpflich aus der Villa geworfen. Die Wut eines gerade in Ketten gelegten wilden Tieres war nichts gegen den Sturm der Entrüstung, der das Herz von Ferdinand jetzt erfüllte. Körperliche Leiden, durch Erschöpfung und Fasten, wurden seiner inneren Qual hinzugefügt; für einige Stunden besaß ihn der Wahnsinn, wenn das Wahnsinn ist, was sein Missgeschick nie vergisst. In einem Tumult von Gefühlen gab es einen vorherrschenden Gedanken: Besitz vom Haus seines Vaters zu nehmen und zu versuchen, indem er die zufälligen Umstände seiner Loses verbesserte, die Oberhand über seinen Widersacher zu gewinnen. Er wandte seine verbliebenen Kräfte auf, um Neapel zu erreichen, betrat seinen Familienpalast und wurde von seinen erstaunten Bediensteten empfangen und anerkannt.

Eine seiner ersten Taten von ihm war, aus einem Kabinett eine in Juwelen gefasste Miniatur seines Vaters zu nehmen, und die Hilfe des väterlichen Geistes anzurufen. Einige Erfrischungen und ein Bad stellten ihn etwas in seinen gewöhnlichen Kräften wieder her; und er freute sich mit fast kindischer Freude darauf, eine Nacht in Frieden unter dem Dach des Hauses seines Vaters zu verbringen. Doch dies wurde ihm nicht erlaubt. Ehe es Mitternacht war, läutete die große Glocke. Sein Rivale trat als Herr des Hauses mit dem Marchese Spina ein. Das Ergebnis kann man erahnen. Der Marchese schien entrüsteter als der falsche Eboli. Er bestand darauf, dass der unglückselige Jüngling eingesperrt wurde. Das Portrait, dessen Fassung kostspielig war, wurde bei ihm gefunden und überführte ihn als des Raubes schuldig. Er wurde in die Hände der Polizei überstellt und in ein Verlies geworfen. Ich verweile nicht bei den anschließenden Szenen. Er wurde vor Gericht gestellt, für schuldig befunden und lebenslänglich zu den Galeeren verurteilt.

Am Vorabend des Tages, als er aus dem neapolitanischen Gefängnis verlegt werden sollte, um an den Straßen in Kalabrien zu arbeiten, besuchte ihn sein Rivale in seinem Verlies. Für einige Momente blickte einer den anderen still an. Der Hochstapler starrte auf den Gefangenen mit einer Mischung aus Stolz und Mitleid. Es gab offensichtlich einen Kampf in seinem Herzen. Der antwortende Blick von Ferdinand war ruhig, frei und würdevoll. Er hatte sich nicht mit seinem schweren Schicksal abgefunden, aber er hielt es für unter seiner Würde, seinem grausamen und erfolgreichen

Feind seine Verzweiflung zu zeigen. Ein Krampf von Schmerz schien den Busen des falschen Grafen zusammenzuziehen. Er wandte sich beiseite und war bestrebt, die Härte des Herzens wiederherzustellen, die ihn bisher in der Durchführung seines schuldigen Unternehmens unterstützt hatte. Ferdinand sprach zuerst:

„Was will der triumphierende Verbrecher von seinem unschuldigen Opfer?"

Sein Besucher antwortete überheblich: „Reden Sie mich nicht mit solchen Beinamen an, oder ich überlasse Sie Ihrem Schicksal. Ich bin das, was ich sage, dass ich es bin."

„Für mir ist dies Prahlerei", rief Ferdinand höhnisch. „Aber diese Wände haben vielleicht Ohren."

„Der Himmel wenigstens ist nicht taub", sagte der Betrüger. „Huldvoller Himmel, der von meinem Anspruch weiß und ihn anerkennt. Aber Schluss mit dieser müßigen Diskussion. Mitleid - ein Widerwille, jemanden, der mir so sehr gleicht, in solch schlechtem Zustand zu sehen - eine törichte Laune vielleicht, zu der Sie sich beglückwünschen können - hat mich hierher geführt. Die Bolzen Ihres Verlieses sind aufgezogen; hier ist eine Börse Gold; erfüllen Sie eine einfache Bedingung, und Sie sind frei."

„Und diese Bedingung?"

„Unterschreiben Sie dieses Papier."

Er gab Ferdinand ein Schriftstück, das ein Bekenntnis der ihm zugeschriebenen Verbrechen enthielt. Die Hand des schuldigen Jünglings zitterte, als er es ihm gab. In seiner Miene stand Verwirrung, und seine Augen rollten unruhig und unbehaglich. Ferdinand wünschte, er könnte in einem mächtigen Wort, stark wie ein Blitz, laut wie Donner, seine brennende Verachtung dieses Vorschlags übermitteln. Aber das Wort ist schwach, und die Stille ist kraftvoller als der

Sturm. Ohne ein Wort zerriss er das Papier in zwei Stücke und warf sie seinem Feind zu Füßen.

In einer plötzlichen Änderung des Verhaltens beschwor sein Besucher ihn in wortreichen und impulsiven Ausdrücken zu unterschreiben. Ferdinand antwortete darauf nur mit der Bitte, allein gelassen zu werden. Hin und wieder brach ein halbes Wort unkontrolliert von seinen Lippen; aber er beherrschte sich. Und doch konnte er seine Erregung nicht verbergen, als ihm der falsche Graf versicherte, als ein Argument, damit er nachgab, dass er schon mit Adalinda verheiratet war. Bittere Qual packte die Gestalt des armen Ferdinands; aber er bewahrte eine ruhige Miene und einen unveränderten Entschluss. Nachdem er jede Drohung und jede Überredungskunst erschöpft hatte, verließ sein Rivale ihn; den Zweck, wegen dem er gekommen war, hatte er nicht erreicht. Am Tag danach wurde der Abschaum der Menschheit, Graf Ferdinando Eboli, mit vielen anderen in Ketten zu den ungesunden Ebenen von Kalabrien geführt, um dort an den Straßen zu arbeiten.

Ich muss über einige der anschließenden Ereignisse hinweggehen; denn ein detaillierter Bericht über sie würde Bände füllen. Die Behauptung des Usurpators von Ferdinands Recht, dass er schon mit Adalinda verheiratet war, war, wie alles andere, was er gesagt hatte, falsch. Der Tag für ihre Vereinigung war jedoch schon festgelegt, als die Krankheit und der anschließende Tod des Marchese Spina seine Feier verschob. Adalinda zog sich in den ersten Monaten der Trauer in ein Schloss zurück, das ihrem Vater gehörte, nicht weit von Arpino, einer Stadt des Königreichs von Neapel inmitten der Apenninen, etwa fünfzig Meilen von der Hauptstadt entfernt. Bevor sie ging, versuchte der Betrüger, sie dazu zu überreden, in eine Zivilehe einzuwilligen. Er fürchtete wahrscheinlich, dass in der langen Zwischenzeit, die folgen würde, bevor er sich ihrer versichern konnte, sie seine Hochstapelei entdecken würde. Außerdem ging ein Gerücht um, dass einer der Mitgefangenen von Ferdinand, ein bekannter Bandit, entkommen war, und dass der junge Graf sein Begleiter auf der Flucht war. Adalinda jedoch lehnte es ab, den dringenden Bitten ihres Geliebten zu entsprechen, und zog sich in die Abgeschiedenheit mit einer alten Tante zurück, die blind und taub war, aber ein ausgezeichnete Anstandsdame.

Das falsche Eboli besuchte seine Herrin selten; aber er war ein Meister in seiner Kunst, und die anschließenden Ereignisse zeigten, dass er die ganze Zeit verkleidet in der Umgebung des Schlosses verbracht haben musste. Er bewerkstelligte durch verschiedene Maßnahmen, die im Moment unbekannt sind, alle Diener Adalindas gegen eigene Kreaturen auswechseln zu lassen; so dass, ohne dass sie von der Einschränkung wusste, sie in der Tat eine Gefangene in ihrem eigenen Haus war. Es ist unmöglich, zu sagen, was als erstes ihren Verdacht erweckte, dass sie getäuscht wurde. Sie war Italienerin, mit all der gewohnten Ruhe und Mattigkeit ihrer Landsmänninnen in der gewöhnlichen Routine des Lebens, und mit all der Energie und Leidenschaft, wenn sie erwachte. In dem Moment, als der Zweifel sich in ihren Verstand drängte, beschloss sie, sich zu vergewissern. Einige Fragen, verglichen mit Szenen, die sich zwischen dem armen Ferdinand und ihr ereignet hatten, genügten dafür. Sie wurden so plötzlich und ostentativ gestellt, dass sie den Heuchler aus dem Gleichgewicht brachten; er blickte verwirrt, und stammelte bei seinen Antworten. Ihre Augen trafen sich; er fühlte, dass er entdeckt war, und sie sah, dass er ihren jetzt bestätigten Verdacht wahrnahm. Ein Blick, wie er für einen Hochstapler eigentümlich ist, ein Blick, der seine Schönheit deformierte und seine normalerweise edle Miene mit den schrecklichen Zeilen des verschlagenen und grausamen Triumphs füllte, beendete ihr Vertrauen zu ihrer eigenen Wahrnehmung. „Wie", dachte sie, „hatte ich diesen Mann mit meinem sanften Eboli verwechseln können?" Wieder trafen sich ihre Augen. Der seltsame Ausdruck in seinen erschreckte sie, und sie verließ hastig den Raum.

Ihr Entschluss war schnell gefasst. Es war von keinem Nutzen, zu versuchen, ihrer alten Tante ihre Situation zu erklären. Sie beschloss, sofort nach Neapel zu fahren, sich Gioacchino zu Füßen zu werfen, ihm zu berichten und sich um Glaubwürdigkeit für ihre seltsame Geschichte zu bemühen. Aber die Zeit war schon vorbei, als dass sie diesen Plan hätte ausführen können. Die Vorrichtungen des Betrügers waren vollständig - sie fand sich als eine Gefangene. Ein Übermaß an Furcht gab ihr Kühnheit, wenn nicht Mut. Sie suchte ihren Gefängniswärter auf. Einige Minuten zuvor war sie ein junges und gedankenloses Mädchen gewesen, unterwürfig wie ein Kind und ahnungslos. Jetzt fühlte sie sich, als ob sie plötzlich in Weisheit alt geworden wäre, und als ob sie die Erfahrung von Jahren in einigen Sekunden gewonnen hätte.

Während ihres Gesprächs war sie argwöhnisch und bestimmt, während die instinktive Überlegenheit der Unschuld über der Schuld ihrem Benehmen Majestät gab. Der Bewerkstelliger ihres Übels duckte sich für einen Moment unter ihrem Auge weg. Zuerst wollte er auf keinen Fall zugeben, dass er nicht die Person war, die er vortäuschte zu sein. Aber die Energie und Eloquenz der Wahrheit drückten seine List nieder, so dass er, in die Enge getrieben, sich schließlich umwandte – wie ein gestellter Hirsch. Dann war es an ihr zu zittern; denn die überlegene Energie eines Mannes gab ihm die Vorherrschaft. Er erzählte die Wahrheit. Er hieß Ludovico[33] und war der ältere Bruder von Ferdinand, ein natürlicher Sohn des alten Grafen Eboli. Seine Mutter, die ungerecht behandelt worden war, verzieh ihrem Beleidiger nie, und zog ihren Sohn in tödlichem Hass auf seinen Vater auf und in der Überzeugung, dass die Vorteile, die sein glücklicherer Bruder genoss, rechtmäßig ihm zustanden. Seine Erziehung war schlicht; aber er hatte die subtilen Talente, schnelle Wahrnehmung und arglistigen Künste eines Italieners.

„Es würde Ihre Wange erbleichen lassen", sagte er seiner zitternden Zuhörerin, „würde ich alles beschreiben, was ich erduldet habe, um mein Ziel zu erreichen. Ich vertraute auf niemanden - ich führte alles selbst aus. Es war ein glorreicher Triumph, nur dank meiner Beharrlichkeit und meiner Stärke, als ich und mein usurpierter Bruder, ich, der Edelmann, er, der herabgesetzte Geächtete, vor unserem Herrscher standen."

Nachdem er seine Geschichte rasch aber ausführlich dargestellt hatte, versuchte er jetzt, das geneigte Ohr von Adalinda zu gewinnen, die mit abgewandtem und ärgerlichem Blick dastand. Er versuchte durch die reichhaltigen Vorstellungen von Leidenschaft und Zärtlichkeit, ihr Herz zu bewegen. War er nicht in Wahrheit das Objekt ihrer Liebe? War er es nicht, der ihren Balkon in der Villa Spina erklommen hatte? Er rief Szenen des gegenseitigen Überschwangs der Gefühle in ihren Verstand zurück; dies waren drängende Argumente, die am stärksten auf eine zarte Frau wirken. Pures Erröten tönte ihre Wange, aber das Entsetzen über den Betrüger überwog jedes andere Gefühl. Er

---

[33] Dieser Halbsatz fehlt im Original und wurde zum besseren Verständnis der Erzählung eingefügt.

schwor, dass, sobald sie verbunden sein würden, er Ferdinand befreien und ihm ein hinreichendes Auskommen schenken würde, nein, wenn sie es wollte, die Hälfte seines Besitzes. Sie antwortete kalt, dass sie lieber die Ketten der Unschuld und des Elends teilen würde, als sich mit Hochstapelei und Verbrechen zu verbinden. Sie forderte ihre Freiheit, aber die ungezähmte und sogar wilde Natur, die der Betrüger während seiner verbrecherischen Karriere unterdrückt hatte, brach jetzt hervor, und er rief furchtbare Verwünschungen auf ihr Haupt herab, wenn sie jemals das Schloss verließ, ausgenommen als seine Frau. Sein Blick von bewusster Kraft und ungezügelter Boshaftigkeit erschreckte sie; ihre blitzenden Augen sprachen von Abscheu. Es wäre viel leichter für sie gewesen, zu sterben, als im kleinsten Punkt einem Mann nachzugeben, der sie für einen Moment seine unwiderstehliche Kraft fühlen ließ, davon herrührend, dass sie eine ungeschützte Frau war, gänzlich in seinen Händen. Sie verließ ihn und fühlte sich, als ob sie gerade dem drohenden Schwert eines Mörders entkommen wäre.

Eine Stunde der Überlegung gab ihr einen Weg der Flucht aus ihrer schrecklichen Situation ein. In einer Garderobe im Schloss lagen in ihrem ursprünglichen Glanz die Kleidungsstücke eines Pagen ihrer Mutter, der plötzlich gestorben war und diese ungetragenen Reliquien seiner Position zurückgelassen hatte. Sie zog sie sich an, verschnürte ihr dunkles, glänzendes Haar, und gürtete sogar, mit einem etwas bitteren Gefühl, das kleine Schwert um, das zu dem Kostüm gehörte. Dann glitt sie mit geräuschlosen Schritten durch einen privaten Übergang, der von ihren eigenen Räumen in die Kapelle des Schlosses führte, lange nachdem das Ave Maria um vierundzwanzig Uhr erklungen war, das in einer Novembernacht das Zeichen gab, das eine halbe Stunde seit dem Untergang der Sonne vergangen war. Sie besaß den Schlüssel der Kapellentür - sie ging unter ihrer Berührung auf; sie schloss sie hinter sich, und sie war frei. Die weglosen Hügel waren um sie, der sternklare Himmel über ihr, und eine kalte winterliche Brise strich murmelnd um die Schlossmauern herum; aber die Furcht vor ihrem Feind besiegte jede andere Furcht, und sie stolperte leicht voran, in einer Art Ekstase, manch lange Stunde über den steinigen Bergpfad - sie, die zuvor nie mehr als ein oder zwei Meilen zu irgendeiner Zeit in ihrem Leben gegangen war - bis ihre Füße voller Blasen waren, ihre leichten Schuhe zerschnitten, sie ihren Weg völlig verloren hatte. Als der Morgen dämmerte, fand sie sich inmitten der wilden, mit Stechpalmen bedeckten Apenninen wieder, und weder Wohnstätten noch menschliche Wesen waren zu sehen.

Sie war hungrig und müde. Sie hatte Gold und Juwelen mitgenommen, aber hier war keine Möglichkeit, diese gegen Nahrung einzutauschen. Sie erinnerte sich an Geschichten über *banditti*; aber keiner konnte so roh und grausam sein wie er, vor dem sie flüchtete. Dieser Gedanke, eine kleine Pause und ein Schluck Wasser aus einer reinen Bergquelle stellten ihren Mut zum Teil wieder her, und sie setzte ihre Reise fort. Mittag näherte sich; und im Süden Italiens ist die Mittagssonne, wenn es wolkenlos ist, sogar im November drückend warm, besonders für eine Italienerin, die sich ihren Strahlen nie aussetzt. Schwäche überkam sie. In der Bergflanke, an der sie entlangging, erschienen Vertiefungen, überwachsen mit Lorbeer und Erdbeerbäumen. Sie betrat eine von ihnen, um dort zu ruhen. Sie war tief und führte in eine andere, die sich in eine geräumige Höhle öffnete, in die von oben Licht fiel. Auf einem grob zugehauenen Tisch standen Speisen, Weintrauben und eine Kanne Wein. Sie schaute sich ängstlich um, aber kein Bewohner erschien. Sie setzte sich an den Tisch, und aß, halb in Furcht, von der ihr präsentierten Nahrung, und dann saß sie da, ihre Ellenbogen auf dem Tisch, ihr Kopf ruhend auf ihrer schneeweißen Hand; ihr dunkles Haar schirmte ihre Stirn ab und scharte sich um ihre Kehle. Eine Erscheinung von Mattigkeit und Erschöpfung verbreitete sich durch ihre Gestalt, während sich ihre sanften schwarzen Augen in Abständen mit großen Tränen füllten, als bemitleide sie sich selbst, als ob sie zu den grausamen Umständen ihres Loses wiederkehrte. Ihre phantasievolle, aber elegante Kleidung, ihre feminine Gestalt, ihre Schönheit und ihre Anmut, wie sie saß, nachdenklich und allein in der groben, unbehauenen Höhle, formten ein Bild, das ein Dichter mit Freude beschreiben, ein Künstler gerne malen würde.

„Sie schien ein Wesen aus einer anderen Welt zu sein; ein Seraph,[34] ganz Licht und Schönheit; ein Ganymede,[35] entkommen aus seiner Knechtschaft oben zu seiner Geburtsstätte am Ida. Es dauerte lange, bevor ich, als ich von dem offenen Hügel auf sie herunterblickte, meine verlorene Adalinda erkannte." Auf diese Art sprach der junge Graf Eboli, wenn er diese Geschichte berichtete; denn ihr Ende war so romantisch wie ihr Beginn.

---

[34] Heb.: sechsflügeliges, himmlisches Wesen.

[35] Griech. Mythos: Ganymed, der Sohn des Königs Tros, dem Begründer Trojas; wurde wegen seiner Schönheit vom Ida-Gebirge auf den Olymp als Mundschenk des Zeus entrückt..

Als Ferdinand als Galeerensklave in Kalabrien angekommen war, fand er sich mit einem Banditen, einem tapferen Menschen, verbunden, der seine Ketten aus Liebe zur Freiheit ebenso sehr verabscheute, wie sein Mitgefangener es wegen der ganzen Verkettung von Schande und Elend tat, die sie über ihn brachten. Zusammen entwarfen sie einen Fluchtplan, und es gelang ihnen, ihn zu verwirklichen. Auf ihrem Weg berichtete Ferdinand dem Geächteten seine Geschichte. Der ermutigte ihn, auf eine günstige Wendung des Schicksals zu hoffen; und inzwischen lud er den verzweifelten Mann ein und überredete ihn, sein Glück als Räuber in den wilden Hügeln von Kalabrien zu versuchen. Die Höhle, in der Adalinda Zuflucht genommen hatte, war eine ihrer Festen, in die sie sich in Zeiten drohender Gefahr nur zur Sicherheit begaben, da keine Beute in dieser unbewohnten Einsamkeit gemacht werden konnte; und dort, von der Jagd zurückkehrend, fanden sie eines Nachmittags das umherirrende, furchtsame, einsame, flüchtige Mädchen; und nie war ein Leuchtturm einem sturmgeschüttelten Seemann willkommener, als seine Geliebte Ferdinand.

Das Glück, müde den jungen Edelmann weiter zu verfolgen, bevorzugte ihn weiterhin. Die Geschichte der Liebenden interessierte den Anführer der Banditen, und die Aussicht auf Belohnung sicherte seine Unterstützung. Ferdinand überredete Adalinda dazu, eine Nacht in der Höhle zu bleiben. Am folgenden Morgen bereiteten sie sich vor, nach Neapel zu gehen; aber im Moment ihrer Abreise wurden sie von einem unerwarteten Besucher überrascht. Die Räuber brachten einen Gefangenen herein - es war der Hochstapler. Er hatte sie am Tag danach vermisst, sie, die das Unterpfand seiner Sicherheit und seines Erfolges war; da er aber sicher war, dass sie nicht weit gekommen sein konnte, entsandte er Boten in alle

Richtungen, sie zu suchen. Er selbst nahm an der Verfolgung teil, folgte der Straße, die sie genommen hatte, und wurde von diesen gesetzlosen Männern gefangengenommen, die reiches Lösegeld von jemanden erwarteten, dessen Erscheinung Rang und Reichtum anzeigte. Als sie entdeckten, wer ihr Gefangener war, lieferten sie ihn großzügig in die Hände seines Bruders aus.

Ferdinand und Adalinda gingen nach Neapel. Nach ihrer Ankunft machten sie Königin Karoline ihre Aufwartung; und durch sie hörte Murat mit Überraschung von dem Anschlag, der auf ihn verübt worden war. Der junge Graf wurde in seiner Ehre und seinem Besitz wiederhergestellt und war binnen einiger Monate mit seiner anverlobten Braut verbunden.

Die mitfühlende Natur des Grafen und der Gräfin führte sie dazu, sich wärmstens für das Schicksal von Ludovico zu interessieren, dessen weitere Karriere ehrbarer, aber weniger glücklich war. Auf die Fürsprache seines Verwandten erlaubte ihm Gioacchino, in die Armee einzutreten, wo er sich auszeichnete und befördert wurde.

Die Brüder waren in Moskau zusammen und halfen einander während der Schrecken des Rückzugs. Einmal wurde Ferdinand von der Schläfrigkeit besiegt, das tödliche Symptom, das sich aus übermäßiger Kälte ergibt, und blieb hinter seinen Gefährten zurück. Aber Ludovico weigerte sich, ihn zu verlassen und schleifte ihn trotzdem mit, bis ihn, als sie ein Dorf betraten, Nahrung und Feuer wiederherstellten, und sein Leben gerettet wurde. An einem anderen Abend, als Wind und Schneeregen den Schrecken ihrer Situation erhöhten, glitt Ludovico nach vielen vergeblichen Kämpfen gegen die Kälte leblos von seinem Pferd; Ferdinand war an seiner Seite. Er stieg ab und bemühte sich mit jedem in seiner

Macht stehenden Mittel, einen Pulsschlag in sein stagnierendes Blut zurückzubringen. Seine Gefährten gingen weiter, und der junge Graf war mit seinem sterbenden Bruder in der weißen grenzenlosen Ödnis allein. Da öffnete Ludovico seine Augen und erkannte ihn; er drückte seine Hand und seine Lippen bewegten sich, äußerten eine Segnung, als er starb. In diesem Moment weckten die willkommenen Klänge der Annäherung des Feindes Ferdinand aus der Verzweiflung, in die ihn seine schreckliche Situation getaucht hatte. Er wurde als Gefangener genommen, und sein Leben wurde auf diese Art gerettet. Als Napoleon nach Elba ging, wurde er mit vielen anderen seiner Landsleute freigelassen und kehrte nach Neapel zurück.

Nachwort

Die Autorin

Mary Wollstonecraft Godwin wurde am 30. August 1797 in London geboren, als Tochter der Frauenrechtlerin Mary Wollstonecraft und des Sozialphilosophen und Verlegers William Godwin. Ihre Mutter starb kurz nach ihrer Geburt, und sie wuchs im Hause ihres Vaters auf. Hier wurde sie früh mit der Welt der englischen Dichter und Philosophen des beginnenden 19. Jahrhunderts vertraut gemacht. Bereits im Alter von elf Jahren schrieb sie ein Gedicht, *Mounseer Nongtongpaw*, dass in einem Kinderbuch im Verlag ihres Vaters veröffentlicht wurde.

Ihre Begegnung mit dem romantischen Dichter und Freidenker Percy B. Shelley mündete in einen gesellschaftlichen Skandal. Im Alter von sechzehn Jahren floh sie mit Shelley und ihrer Stiefschwester Claire Clairmont auf den Kontinent, eine Reise, die sie in ihrem Reisetagebuch *History of a Six Week Journey* (1817)[36] verarbeitet hat. Die Begegnungen mit berühmten Zeitgenossen, wie der geistreichen Madame de Staël, dem exzentrischen und

---

[36] Auf deutsch erschienen in: Mary W. Shelley/Percy B. Shelley: *Flucht aus England – Reiseerinnerungen und Briefe 1814-1816*. Aus dem Englischen übertragen und herausgegeben von Alexander Pechmann. Hamburg u.a. 2002.

skandalumwitterten Lord Byron oder Matthew Lewis, dem Autor des düsteren Schauerromans *The Monk* (1796), hinterließen bei ihr tiefe Eindrücke, die uns in ihrem schriftstellerischen Werk immer wieder begegnen. Erster sichtbarer Ausdruck davon war ihr erster Roman *Frankenstein or The Modern Prometheus*, den sie nach ihrer Rückkehr nach England zunächst anonym veröffentlichte (1818). Nachdem Shelleys erste Frau Selbstmord begangen hatte, heiratete sie ihn und ging mit ihm nach Italien, wo sie wieder Byron begegneten und sich in der kleinen Künstlerkolonie in Pisa ansiedelten, bis Shelley im Juli 1822 bei einem Bootsunglück ums Leben kam.

Mary Shelley kehrte nach England zurück und widmete sich ganz ihrem Sohn Percy Florence, der als einziges ihrer vier Kinder überlebt hatte. Da ihr stets verschuldeter Vater ihr keine Hilfe sein konnte, und Shelleys Vater Sir Timothy ihr wegen seiner überkommenen Moralvorstellungen nur einen schmalen Unterhalt zahlte, wurden die Honorare für ihre Romane und Erzählungen zu einer wichtigen Einnahmequelle für sie. In der Zeit zwischen 1823 und 1844 veröffentlichte sie fünf weitere Romane sowie über 30 Erzählungen, Reiseberichte, Rezensionen und Essays. Mary Shelley verstand sich auch immer als Hüterin des dichterischen Erbes ihres Mannes und brachte gegen den Widerstand von Sir Timothy eine Ausgabe der hinterlassenen Gedichte sowie später eine Gesamtausgabe seines Werkes heraus.

Nach dem Tod von Sir Timothy im Jahr 1844 konnte Percy Florence sein Erbe antreten, und Marys finanzielle Sorgen hatten ein Ende. Aus diesem Jahr stammt auch ihre letzte Veröffentlichung, die Reiseerinnerungen *Rambles in Italy and Germany*. Mary Shelley verbrachte ihre letzten Jahre zurückgezogen in ihrer Londoner Stadtwohnung. Sie starb am 1. Februar 1851 an einem Gehirntumor.

Die Erzählungen

Die Erzählungen Mary Shelleys habe bisher keine größere Aufmerksamkeit gefunden. Während ihr Erstlingswerk *Frankenstein* in unzähligen Ausgaben und Übersetzungen vorliegt, und zahlreiche Interpretationen dazu geschrieben wurden, fehlen diese für die anderen Romane und die Erzählungen fast vollständig. Selbst in der 1996 erschienen kritischen Ausgabe der Werke Mary Shelleys fehlen ausgerechnet die Erzählungen.[37] Allerdings enthält sie ihre wenigen Essays, z.B. jenes *Über Geister*. In den bisher auf Deutsch erhältlichen Biographien finden die Erzählungen entweder keine Erwähnung, oder werden als vernachlässigbar eingestuft.[38] Die einzige deutsche Studie über das Werk Mary Shelleys, in der den Erzählungen eigener Raum gegeben wurde, stammt aus der Zeit vor dem 1. Weltkrieg.[39] Mary Shelleys Werk ist noch nicht vollständig erfasst. Viele ihrer Erzählungen sind anonym erschienen, und einige konnten daher bisher nicht sicher zugeordnet werden. Andere Werke

---

[37] Mary Shelley: *The Novels and Selected Works*. 8 Bände. Herausgegeben von Nora Crook u.a. London 1996.

[38] Karin Priester: *Mary Shelley – Die Frau, die Frankenstein erfand*. München 2001; Muriel Spark, Mary Shelley – Eine Biographie. Frankfurt am Main und Leipzig 1992.

[39] Maria Vohl: *Die Erzählungen der Mary Shelley und ihre Urbilder*. Heidelberg 1913.

sind gänzlich unbekannt, wie die jüngste Erstveröffentlichung (!) eine Kindererzählung zeigt.[40]

Eine erste Sammlung der verstreuten Erzählungen wurde 1891 herausgegeben.[41] Eine vollständige Ausgabe der Erzählungen, einschließlich einiger bis dahin unveröffentlichter Texte, wurde 1976 veröffentlicht.[42] Ins Deutsche übersetzt wurden bisher nur wenige Erzählungen.[43] Die frühen Erzählungen Mary Shelleys erschienen in literarischen Monatsmagazinen, aber die meisten wurden in der Jahrbuch-Reihe *The Keepsake* veröffentlicht, eine der im 19. Jahrhundert in England und Amerika als Geschenke sehr beliebten *Annuals*, Jahresbände mit Gedichten, Briefen, Dramenfragmenten und vor allem kurzen Geschichten, die oft als begleitender Text zu Bildern, Kupfer- und Stahlstichen beigegeben waren. Diese Jahresbände, ohne hohe literarische Ansprüche, orientierten sich am Massengeschmack und wurden in hohen Auflagen vor allem zum Weihnachtsgeschäft auf den Markt geworfen.

Die Kritik wirft Mary Shelley vor, dass es ihren Geschichten an einem ausgefeilten Plot mangelt, die Figuren kaum entwickelt sind, und das sie sie aus keinem nobleren Zweck

---

[40] Mary Shelley: *Maurice or The Fisher's Cot. A Tale.* Ed. by Claire Tomalin. Chicago 2000. Diese Kindererzählung, die Mary Shelley 1820 Laurette, der Tochter von Lady Mountcashell, zu ihrem elften Geburtstag schenkte, wurde 1997 in einem italienischen Palazzo gefunden.

[41] *Tales and Stories by Mary Shelley* – Now First Collected, with an Introduction by Richard Garnett (London 1891).

[42] *Mary Shelley – Collected Tales and Stories, with original engravings* - Edited, with an Introduction and Notes, by Charles E. Robinson (Baltimore and London 1976).

[43] Mary Shelley: *Verwandlung – Der falsche Vers – Die Trauernde.* Aus dem Englischen übersetzt und herausgegeben von Alexander Pechmann. Zürich 2003.

geschrieben habe, als den Lebensunterhalt für sich und ihren Sohn zu verdienen. Doch man muss bedenken, das sie keine *short stories*, Kurzgeschichten, schrieb; dies ist eine Erzählform, die erst sehr viel später entstand und eine Literaturgattung des 20. Jahrhunderts darstellt. Ihre Geschichten sind als *tales* zu bezeichnen, Erzählungen; hier beschreibt ein Erzähler in der dritten oder ersten Person die Ereignisse, sie werden weniger als Dialog oder als unmittelbare Handlung wiedergegeben. Dabei werden oft Ereignisse zusammengerafft, die sich über Wochen, Monate oder gar Jahre hinziehen.

Die Erzählungen beanspruchten oft mehr Raum, als der Herausgeber erlaubte. Da die Geschichten außerdem zu den für die Jahrbücher gefertigten Stichen passen mussten, wurden sie häufig gekürzt und zu einem passenden Ende umgebogen. Am augenfälligsten ist dies an der Erzählung *Ferdinando Eboli* zu beobachten, deren Ende stark gekürzt ist und nicht recht zum Rest der Geschichte passen will. Die frühen Erzählungen und Essays, die nicht in Jahrbüchern, sondern in literarischen Monatsmagazinen erschienen, zeugen von einem Witz und einer Ironie, den man in den späteren Werken vermisst. Sie zeigen, wie sehr Mary Shelley das Metier der Kurzerzählung beherrschte (Dazu gehören die Erzählungen: *Roger Dodsworth – Der wiederbelebte Engländer; Eine Braut im modernen Italien; Der falsche Vers*).

Als Schreiberin von Erzählungen übertraf Mary Shelley ihre Zeitgenossen, da sie die penetrante Moralisierung vermied, die in so vielen Geschichten ihrer Zeit zu finden ist. Von wenigen Ausnahmen abgesehen, konnte sie die Moral einer Geschichte erfolgreich dem Thema und den Charakteren unterordnen, wenn sie auch in allen Erzählungen mehr oder weniger durchscheint. Mary Shelley idealisierte die Umstände ihrer Geschichten, indem sie deren Schauplätze in die Geschichte oder auf den Kontinent verlegte, und die tristen Lebensbedingungen im zeitgenössischen England vermied. Nur eine Handvoll Geschichten waren im England der Gegenwart angesiedelt, und nur eine von ihnen, *Die Aufsteigerin*, gibt einen Einblick in die soziale Misere der englischen Klassengesellschaft.

Obwohl die Erzählungen formell sehr individuell sind, lassen sie sich grob in drei Kategorien einteilen:

Phantastische Erzählungen (*Der sterbliche Unsterbliche, Verwandlung, Roger Dodsworth – Der wiederbelebte Engländer*) – Obwohl diese Erzählungen in der Tradition ihrer Erfolges *Frankenstein* stehen, machen sie den kleinsten Teil ihres Werkes aus; auch steht im Mittelpunkt der Erzählungen nicht so sehr das phantastische Ereignis selbst, sondern wie die Figuren damit umgehen.

Historische Erzählungen (*Der Traum, Der Pole, Euphrasia, Der Böse Blick, Eine Geschichte der Leidenschaften, Der falsche Vers*) – Eine große Zahl der Erzählungen spielen vor dem Hintergrund räumlich wie zeitlich entfernter Schlauplätze; die Kulturschilderungen oder politischen Ereignisse bilden aber nur einen interessanten Hintergrund für die Entfaltung menschlicher Leidenschaften und Konflikte.

Zeitgenössische Erzählungen (*Die Aufsteigerin, Das unsichtbare Mädchen, Die Trauernde*) – Die Erzählungen, die in der englischen Gesellschaft zur Zeit Mary Shelleys spielen, tragen meist eine romantische Farbe und sind recht oberflächlich; einzig die Erzählung *Die Aufsteigerin* sticht hervor, da sie von großer Innigkeit und Gefühlstiefe getragen wird.

In den Geschichten Mary Shelleys finden sich viele autobiografische Bezüge. Viele ihrer Heldinnen sind, wie sie selbst, Waisen oder entfremdet von einem oder beiden Elternteilen. Percy Shelly spiegelt sich in Figuren wie Horace Neville in *Die Trauernde*, oder Marcott Alleyn in *Eine Braut im modernen Italien*; die letztere Figur ist eine unverhüllte Anspielung auf die „platonische" Beziehung Shelleys zu Emilia Viviani, der in ein Kloster verbannten Tochter des Gouverneurs von Pisa. Auch ihre Stiefschwester Claire Clermont, zu der sie ein ambivalentes Verhältnis hatte, taucht als Figur auf: als geistreiche, aber impulsive, leichtsinnige und unbändige Marietta in *Der Pole*.

Das Interesse an der Schriftstellerin Mary Shelley ist in letzter Zeit gewachsen, es gibt sogar ein Mary-Shelley-Lexikon.[44] Dies mag mit einem wiedererwachten Interesse am Zeitalter der Romantik zu tun zu haben, doch besteht die Aussicht, das bald das vollständige Werk Mary Shelleys, zumindest in englischer Sprache, zur Verfügung steht. Mary Shelley gehörte nicht zu den größten Vertreterinnen der englischen Literatur im 19. Jahrhundert, doch ihr klarer Stil und die oft eindringlichen Beschreibungen machen sie durchaus lesenswert. Als eine der letzten Vertreterinnen romantischen Freigeistes überlebte sie in einer Zeit, in der ein immer engstirnig werdender viktorianischer Zeitgeist um sich griff, dem sie notwendigerweise Konzessionen machen musste.

---

[44] Lucy Morrison, Staci Stone: *A Mary Shelley Encyclopedia*. Westport, Conn. u.a. 2003.

Die bekannten Erzählungen Mary Shelleys

Valerius: The Reanimated Roman	Geschrieben ca. 1819, unvollendet; Erstveröffentlichung in *Charles E. Robinson: Mary Shelley - Collected Tales and Stories. Baltimore 1976*, S. 332-344
An Eighteenth-Century Tale: A Fragment	Geschrieben ca. 1823, unvollendet; Erstveröffentlichung in *Charles E. Robinson: Mary Shelley - Collected Tales and Stories. Baltimore 1976*, S. 345-346
A Tale of the Passions	Erstveröffentlichung in "The Liberal: Verse and Prose from the South No. 2" (Jan. 1823), S. 289-325 (deutsch 2005: *Eine Geschichte der Leidenschaften*)
Recollections of Italy	Erstveröffentlichung in "London Magazine 9" (Jan

	1824), S. 21-26
The Bride of Modern Italy	Erstveröffentlichung in "London Magazine 9" (Apr 1824), S. 357-363 (deutsch 2004: *Eine Braut im modernen Italien*)
The Heir of Mondolfo	Geschrieben ca. 1825; Erstveröffentlichung in „Journal: A Monthly Miscellany of Popular Literature Nr. 2" (Jan 1877), S. 12-23
Roger Dodsworth: The Reanimated Englishman	(Geschrieben ca. 1826; Erstveröffentlichung in „Cyrus Redding, Yesterday and To-day", London 1863, S 150-165 (deutsch 2004: *Roger Dodsworth – Der wiederbelebte Engländer*)
The Sisters of Albano	Erstveröffentlichung in "The Keepsake for 1829" London 1828, S. 80-100
Ferdinando Eboli: A Tale	Erstveröffentlichung in "The Keepsake for 1829" London 1828, S. 195-218 (deutsch 2005: *Ferdinando Eboli – Eine Erzählung*)
The Mourner	Erstveröffentlichung in "The Keepsake for 1830", London 1829, S. 71-97 (deutsch 2003: *Die Trauernde*)

The Evil Eye	Erstveröffentlichung in "The Keepsake for 1830", London 1829, S. 150-175 (deutsch 2004: *Der Böse Blick*)
The False Rhyme	Erstveröffentlichung in "The Keepsake for 1830", London 1829, S. 265-268 (deutsch 2003: *Der falsche Vers*)
Transformation	Erstveröffentlichung in "The Keepsake for 1831", London 1830, S. 18-39 (deutsch 2003: *Verwandlung*)
The Swiss Peasant	Erstveröffentlichung in "The Keepsake for 1831", London 1830, S. 121-146
The Dream	Erstveröffentlichung in "The Keepsake for 1832", London 1831, S. 22-38 (deutsch 2005: *Der Traum*)
The Brother and Sister: An Italian Story	Erstveröffentlichung in "The Keepsake for 1833", London 1832, S. 105-141
The Invisible Girl	Erstveröffentlichung in "The Keepsake for 1833", London 1832, S. 210-227 (deutsch 2004: Das unsichtbare Mädchen)

The Pole	Erstveröffentlichung in "Court Magazine and Belle Assemblée, I" (Aug 1832) S. 64-71 (deutsch 2004: *Der Pole*)
The Smuggler and His Family	Erstveröffentlichung in "Original Compositions in Prose and Verse", London 1833, S. 27-53
The Mortal Immortal: A Tale	Erstveröffentlichung in "The Keepsake for 1834", London 1833, S. 71-87 (deutsch 2004: *Der sterbliche Unsterbliche*)
The Trial of Love	Erstveröffentlichung in "The Keepsake for 1835", London 1834, S. 70-86
The Elder Son	Erstveröffentlichung in "Health's Book of Beauty", London 1835, S. 83-123
The Parvenue	Erstveröffentlichung in "The Keepsake for 1837", London 1836, S. 209-221 (deutsch 2004: *Die Aufsteigerin*)
The Pilgrims	Erstveröffentlichung in "The Keepsake for 1838", London 1837, S. 128-155
Euphrasia: A Tale of Greece	Erstveröffentlichung in "The Keepsake for 1839", London 1838, S. 135-152 (deutsch 2004: *Euphrasia – Eine Geschichte aus Griechenland*)

Titel der englischen Originaltexte

The Dream
Erstveröffentlichung in: *The Keepsake for 1832*, London 1831; S. 22-38.

A Tale of the Passions
Erstveröffentlichung in: *The Liberal: Verse and Prose from the South No. 2* (Januar 1823), London 1823; S. 289-325.

Ferdinando Eboli – A Tale
Erstveröffentlichung in: *The Keepsake for 1829*, London 1828; S. 195-218.